DARIA BUNKO

魂《こころ》ごとくれてやる。

ふゆの仁子

illustration ※タカツキノボル

JN286254

イラストレーション＊タカツキノボル

CONTENTS

この作品はフィクションです。

実在の人物・団体・事件などに一切関係ありません。

魂《こころ》ごとくれてやる。

プロローグ

――俺のすべては卯月《うづき》のものだ。


澤純耶《さわじゅんや》が小早川《こばやかわ》卯月にそう告げてから、ひと月が過ぎようとしていた。

自分の命が自分だけのものではない。卯月にはっきり言葉で伝えたことで、純耶はその事実を痛感した。

もちろんそれまでも、決して一人で生きていると思っていたわけではない。

家族がいて、友人がいて、自分が存在する。普段は意識せずとも、その気持ちは根底にある。

卯月は間違いなく自分のためになら、なんの躊躇《ちゅうちょ》もなしに命を捨てるだろう。そして自分も、卯月のためには命を賭けられる。

一生に一度、出会えるか否かの存在に、二人は会ってしまったのだ。その強い絆《きずな》と深い想いを、純耶は実感している。

愛し、愛される。

求め、求められる。

気持ちの上でお互いに支え合いながら、実際の生活の中では、純耶は常に卯月に「守られている」。

関東最大の暴力団であり、新宿の歓楽街を取り仕切る関東連合興隆会《こうりゅうかい》の次期組長の立場にある卯月にとって、一般人に過ぎない純耶の存在は、諸刃の剣である。

卯月にとって自分は生きるための理由になるかもしれないが、同時に今のままではただの荷物であり、弱点にしかならない。

卯月は純耶を守るのが当然だと思い、純耶自身、最近まで守られて当然だと思っていた。

だが、「今」は違う。

生きる世界が違う。自分を守る術《すべ》を持たない以上、しょうがないのだ――と。

守られるのではなく、卯月を守りたい。少なくとも、卯月の弱点、そして負担にはなりたくない。

愛だけではなく、躰だけでもない。一人の人間として、卯月と一緒に生きていく。そのためにはどうしたらいいのか。

純耶はずっと、それを考えている。

1

肌に触れる柔らかい温《ぬく》もりは、幼い頃の記憶を呼び覚ます。意識して覚えているものではない。本能というべきかもしれない。赤ん坊が母親にあやされ、無意識にその柔らかさと心地よさに頬をすり寄せる行動に近いだろう。

相手の存在に安心しきって、甘えるように体を寄せ、肌を触れ合わせ、その温もりを味わう。重なり合った皮膚から伝わってくる相手の鼓動は、シューベルトよりも優しい子守歌を奏でる。

もっともっとこの心地よさを味わいたくて、さらに強く顔を押しつけようとしたところで、押しつけていた胸が微《かす》かに上下する。

「……っ」

微かな息遣いには、微かな笑みが混ざっている。低く、それでいて甘く、張りと艶《つや》のある声に、純耶はゆっくり夢から醒《さ》めていく。

緑がかったグレーの壁や絨毯《じゅうたん》に、黒のシンプルなラインで出来上がった家具は、不思議なほどの統一感を醸し出している。

高い天井には、仄《ほの》かな橙《だいだい》色の間接照明が灯《とも》っていて、カーテンの隙間からは、僅かに昼の光が射し込んでくる。

新宿副都心に位置する高級ホテルのコーナースイートは卯月の常宿である。かつては足を踏み入れるだけで緊張していた。だが今では、すっかり慣れ親しんだ場所となっている。

肌触りのいいシーツを軽く引き寄せ、心持ち顔を上向きにして、うっすらと瞼を開く。すると、ぼやけた視界の中に一人の男の顔が浮かび上がってくる。

精悍《せいかん》な顔つきの二枚目。普段は獰猛《どうもう》な獣を思わせる鋭い目元に、今は優しい微笑《ほほえ》みを湛えている。

金鎖以外何も身に着けていない胸板は、純耶の体を抱き締めるのに、十分なほどに厚く逞《たくま》しい。卯月は胸元にいる純耶の髪を指の先に絡ませながら、もう一度微笑みを浮かべる。その微笑みに、ようやく純耶の意識が覚醒してくる。

「……いつ、来た？」

寝起きのせいで、やけに声が掠《かす》れている。

「多分、二時は過ぎていたな」

一方卯月の声は、まったく普段と変わらぬ艶を放っている。

よく通るバリトンは、囁《ささや》かれるだけで全身の肌がざわついてくるようだ。ただでさえ、卯月の匂いに包まれている。心構えのない状態で不意打ちを食らって、条件反射のように体の奥が疼《うず》きだしてくる。

「それなら、起こしてくれればいいのに……」

その感覚には気づかないふりをする。

「そうしようかと思ったんだが、やめた」

純耶の髪を指に絡めながら弄《もてあそ》ぶ卯月の瞳は、蕩《とろ》けそうなほどに優しい。

「どうして？」

「純耶の寝顔が幸せそうだったから」

「卯月……っ」

純耶の反応を楽しむように、卯月はにやりと笑う。目を覚ました獣は純耶の体に腕を伸ばしてくる。

「……っ」

咄嗟《とっさ》に全身が震え上がる。

「マジで赤ん坊みたいな顔してた。それこそ、一発やるつもりで、お前を叩き起こそうと思ってた俺が、萎《な》えるぐらいにな」

「な……っ」

突然に卯月は体を起こし、純耶の体を組み敷くと、パジャマの襟元に食いついてくる。

肌に感じる熱い吐息と鋭い歯の突き刺さる感覚に、背筋がぞわりと震え上がった。

「卯月、何を」

「今、言っただろう？　昨夜やろうとしていた分をやり直す」

ズボンの中に入ってきた手が、目覚め始めた下肢に触れる。他人の温もりを感じて、挨拶代わりに大きく鼓動した。

「ばかなこと、言わないでくれ……っ」

確実に熱がそこに集まっていくのを感じながらも、必死に理性で食い止めようとする。

「ばかなことじゃねえだろう？　純耶だって、その気になってる」

半分は事実だが、半分は揶揄《やゆ》してくる言葉だ。わかっていても容易に高ぶりそうになりながら、懸命に純耶は首を左右に振った。

「駄目だよ、卯月。もう起きないと、遅刻するから……」

「遅刻？　どこへ行く？」

起き上がろうとする純耶の邪魔をするように、卯月は手の動きを止めようとはしない。

「仕事に決まってるじゃないか」

「辞めただろう？」

指摘する卯月は、笑顔のままだ。そして純耶は動きを止める。一瞬、はっと息を呑み、それから卯月の言葉が鼓膜を震わせ、事実として認識されていく。

「――そうだった」

大学卒業後、勤めていた銀行に退職届けを出してから、既に二週間が過ぎている。

仕事を辞めた理由はただひとつ、卯月と生きていくためだ。

卯月が純耶に向けてくる愛は、強く激しい。ときに傍若無人に思えるほどの振る舞いをしながら、常に心の底では純耶のことを考えている。ときに自分でも抑えられなくなる衝動を抱え、ヤクザの世界にいる自分自身の立場に、苦悩し、身悶《もだ》えている。

高校時代に一度だけ、卯月は自分の置かれた立場や地位、その他すべてを捨てようとした。純耶の手を取り、二人で逃げるつもりでいた。お互いに真剣だった。本気で、逃げられるつもりでいた。二人だけで、生きていけるつもりだった。

もちろん、多少の苦しさや辛さはあるだろうと、覚悟していた。その辛さや苦しさよりも、一緒にいたいと願っていたのだ。

だが、それは逃避に過ぎなかった。

突きつけられる現実に、夢を見ていただけだということを思い知らされた。

結果、お互いを思うが故に別れるという事実は、お互いの心の傷として、今も残っている。でもその過去があったからこそ、再び手を取り合った今、一緒に生きていくという覚悟ができたのだ。

生きている世界が異なることも、これから先の人生が、決して平易なものではないとわかっていても、目の前に愛する人がいる以上、後戻りすることはできない。

そして、一度取った手を離すこともできない。

だから純耶は、銀行を辞めた。卯月に言われたからではない。自分の意志だ。様々なリスクを背負いながら、卯月が自分と生きていく道を選んだ以上、純耶もそれに応えたかった。

　仕事を辞めたところで、具体的にそれによって卯月のためになるわけでもない。実際、二人で会う際には、いまだにこのホテルを利用している。純耶の部屋に来てくれればいいのにと思っても、卯月は絶対にそれを良しとしない。

　理由はなんとなく気づいている。

　今の状態では、卯月にとって純耶は弱味のひとつにしかならない以上、余計な人間に存在を知らしめないためだ。

　それはわかっている。ただ、気持ちの上で踏ん切りをつけたかったのだ。そして切り替えたつもりでいた。

　しかし、四年の間に培った習慣は、そう簡単に消えてくれないらしい。

　この二週間、無意識にいつも起きていた時間になると目覚めている。一度は寝ぼけたまま、着替えまで済ませたほどだ。玄関を出かけて、ようやく退職した事実を思い出したときには、笑うしかなかった。

　そのうちに慣れるのだろうと思いつつ、卯月への気持ちとは別に、慣れてしまうことを寂しく思ってもいる。

「後悔しているのか？」

　いつの間にか、卯月も同じように起き上がっていた。心を見透かしたような言葉に、はっとさせられる。卯月は僅《わず》かに目を細めている。そんな純耶のことを心配しているからだ。

「違うよ」

純耶は笑顔になり、首を左右に振った。それから卯月の頬に手を伸ばし、自分からそっとそこに口づける。

「後悔なんてしていない」

「本当にか?」

眉間《みけん》に浅い皺を刻んだまま、もう一度確認される。

嘘を一切許さない強い光を放つ瞳は、純耶の心の底まで覗いてくる。僅かな陰りも躊躇《ためら》いも、この瞳の前では隠せない。

「本当に」

微かに胸の片隅に残る未練を隠すために、純耶は自分から瞳を閉じて、今度は卯月の唇に自分の唇を重ねていく。

啄《ついば》むようなキスを繰り返しているうちに、互いの唇が熱を帯びていく。

触れるだけでは終わるはずがないとわかっている。だが、あえて体よりも気持ちを高めていくために、啄むだけのキスを繰り返す。

卯月とのキスは、大抵いつも煙草《タバコ》の味がする。キスだけではない。卯月の体には、吸っている煙草の匂いが染みついている。

卯月は煙草の銘柄を替える癖があるらしい。だから、頻繁に唇の味が変わる。

卯月にはそれなりの理由があるのかもしれないが、味が変わるとキスも変わるような気がして、どことなく新鮮な気持ちになる。

最初にキスをしたときのことを思い出すと言ったら、卯月は笑うに違いないだろう。何しろキスをするよりも前に、純耶は卯月に、下肢に触れられているのだ。

「……っ」

「何を笑っている？」

思い出し笑いをする純耶に気づいただろう卯月は、怪訝《けげん》な顔を見せていた。

「自分からキスをしかけておいて、やる気が失せたとでも言うつもりじゃねえだろうな？」

「違うよ。ちょっと昔のことを思い出していたんだ」

「赤ん坊のときのことか」

卯月は拗《す》ねたような口調になる。

「そこまで昔じゃない。初めてキスしたときのことを……」

「キス、か」

想像していたとおり、卯月は苦笑を漏らす。

「今キスしているにもかかわらず、九年も前を思い出さねばならないほどに、俺のキスが不満なのか？」

卯月らしからぬ言葉に、純耶はつい笑ってしまう。

「そうだと言ったらどうする?」

だからわざと嘲笑すると、卯月は眉を顰《ひそ》めたのち、純耶の頭の後ろに回した手に力を入れ、激しいまでに唇を貪《むさぼ》る。

「ん……っ」

強く舌を絡まされ、息苦しさを覚える。痛いほどに吸われ、必死にそれに応じようとするが、瞬時に変化する動きについていけない。軽い目眩《めまい》を覚えるほどの愛撫に、先ほどまでのキスが戯れに過ぎなかったことを思い知らされる。

首の後ろにあった手が、パジャマの上から肌を味わうように、ゆっくり背中を撫でながら下りていく。前側にある手は体の間で巧みにボタンを外し、開かれた胸元に触れてくる。

卯月と比較すれば細いものの、純耶も同じ男だ。掌《てのひら》のまさぐる場所には柔らかい胸はなく、小さな突起のアクセントがあるだけの場所に過ぎない。そこを卯月は掌全体で撫でながら、指の先で軽く突起を押し潰してくる。

強く、弱く、ときに柔らかな刺激に、確実に硬さを増していく。

背中にあった手もまた、はだけられた肌に直接触れ、背筋に添って移動する。皮膚一枚隔てた場所で、細胞のひとつひとつがざわめき出すような感覚を覚える。ただ触れるだけでも、卯月とのセックスに慣れた体は、次の刺激を予想して、期待に震える。

浅ましいのはわかっている。だがこの衝動は、自分の意思では止められない。だらりと下ろしていた手を卯月の背中に回し、その腕に力を込めていく。深くなるキスに煽《あお》られ、純耶も必死に卯月の唇や舌を吸う。

出会いは高校の三年に遡《さかのぼ》る。

「訳あり」の転校生だった卯月との出会いは、純耶にとって、鮮烈なものだった。

暴力団の跡取り息子と聞かされていても、ぱっと見にはわからない。ただ、時折見せる強い光を放つ瞳に、どうしようもなく惹《ひ》かれた。

それまで会った誰とも、卯月は違っていた。そしてそれは、卯月も純耶に対して感じていたらしい。

次第に互いに惹かれ合い、求め合いながらも、いわゆる「普通」の家庭に生きる純耶と卯月では、何もかもが違っていた。すべてから逃げだそうと一度は約束しながら、純耶は卯月から逃げた。それが卯月にとっては裏切りにしかならないと思っていても、それがあのとき、純耶にできる唯一のことだった。

二度と、卯月には会えないだろうと思っていた。実際、会わないようにするため、志望大学も変更し、卯月の住む東京へは足を踏み入れないようにしていた。

しかし——勤めていた銀行の統廃合により、東京への転勤を命じられ、訪れた新宿で九年の月日を経て再会したのである。

まさに皮肉としか思えない状況の中、再び重なり合った運命の歯車を止めることは、純耶にはできなかった。

会えなかった月日が、より卯月への想いを強くしていた。

再会してのちしばらくは、「小早川卯月の女」としての関係が続いていた。だがそんな言動が、すべて純耶を愛するがゆえのことだとわかったとき、九年の間のわだかまりが、すべて溶け出すのを実感した。

再会を果たして一年半余り。

少しずつ、二人の間の距離を縮め、気持ちが通じ合ってからも、セックスにおいて主導権は常に卯月にある。

もちろん、純耶が卯月を誘うことはあるが、それだけだ。

愛し合う者同士の行為である以上、互いに快感を共有できればそれでいいと思う。その反面、なんとなく割り切れない気持ちが拭えないのはおそらく、今の自分の立場と重なるからだ。

守られるだけではないのだと、卯月に訴えるため、純耶は積極的に振る舞ってみせる。しかしそれが続くのは、僅かな時間のみだ。純耶の体の隅々まで知り尽くした男の手管《てくだ》に、あっという間に陥落される。

下肢の先端部分を爪の先で軽く抉《えぐ》られるだけで、体の動きが止まる。

「……っ」

「どうした？　もう終わりか？」

わざと息を多めに耳元で囁かれると、背筋がぞわぞわとざわめき出す。指の先まで痺れるような甘さと淫猥《いんわい》な感覚に、対抗する気力も削《そ》がれてしまう。

「卯月……」

甘えたような口調が、自分でも嫌だった。けれど、あまり焦《じ》らされるのが得意ではない純耶は、早く楽になりたかった。

挑戦的ではなく、誘うように触れる。卯月が欲しいのだと、言葉でなく仕種で訴える。

「欲しいのか？　俺が」

すぐに卯月は純耶の意図を知る。耳朶《みみたぶ》を擽《くすぐ》るように耳殻を甘く噛みながら、舌先で穴を探られる。遠回しの焦れったい愛撫に上げたくなる声を堪え、身を委ねる。

ゆっくりベッドに押し倒された体の上に、卯月の体が重なってくる。

そして卯月の唇が、唇から顎へ、さらに鎖骨へと移動する。柔らかい皮膚に軽く歯を立て、軽く穴の空いた場所に舌を這わせながら、純耶の反応を確認する。

「――――ん……っ」

「欲しいなら、欲しいってはっきり言えよ。そうじゃねえと、途中でやめちまうぞ」

卯月の首を飾る重みのある金鎖が、純耶の胸に触れる。冷たくてくすぐったいその感覚に、思わず息を呑んだ。

「言わねえのか？」

悪戯な指が、胸の突起を弄《いじ》くり回す。もどかしさを覚えるその感覚が、純耶の理性とプライドを芯から溶かしていく。

「卯、月……」

そこに唇を寄せられ、甘噛みされた途端、背中が弓なりに反り返った。瞬間、窓から差し込む強い光が、純耶の瞳を射していく。

平日の朝からセックスするという背徳感は、気持ちを高ぶらせるのに十分なスパイスとなる。

自分が何を選んだのか、その事実を改めて実感しながら、卯月の背中にしっかりと両手を回す。下肢から全身にせり上がる快感の波に、自ら呑まれていくような錯覚に陥る。

「……しい」

最初のすれ違ったままのセックスをしていた頃、屈辱にまみれた状態で訴えるのとは異なっている。体だけではなく、心から卯月を欲している。

だが、どれだけ体を重ねていても、この言葉を口にする瞬間、激しいまでの羞恥《しゅうち》が体を駆け抜けていく。それでも伝えねば卯月は先に進んでくれない。

「聞こえねえな」

わざと卯月は煽るような言葉を口にする。

「はっきり言わねえと、このままの状態が続くぞ？　それでもいいのか？」

胸を探っていた指はいつの間にか下腹にあり、そこで屹立した純耶のものを撫で回している。微かに聞こえる水音は、先走りの液で濡れたせいだろう。

「こっちは素直だぜ？　俺に触られて、嬉しくてしょうがねえらしい。さっきからずっと、ブルブルと震えてやがる。ほら、わかるか？」

「あ……っ」

指先で弾かれた衝撃が、全身に走り抜け、小刻みに体じゅうが震え出す。肌という肌が敏感になり、触れられている場所から疼いてくるような感じがする。

体の芯から蕩け出し、どろどろになりそうだ。

「純耶」

「あ……っ」

さらにそんな純耶を追いつめるかのように、耳元で囁いてくる。耳朶に触れる吐息は、火傷しそうに熱い。

堪えられない下肢は卯月の手の中で浅ましいまでの反応を繰り返し、さらに硬度を増す。その奥では、ひっきりなしに収縮を繰り返している。卯月の手はそこの近くまでいきながら、ぎりぎりのところで触れることなく戻ってくる。

だが、微かな刺激だけでも、今の状態では、強烈な愛撫になる。咄嗟に膝を曲げ相手の腰を刺激すると、卯月は小さく息を呑んだ。

「──てめえ、余裕じゃねえか」

しかしそれも一瞬のことに過ぎない。

すぐに仕返しとばかりに純耶の先端を指先で摘《つま》んでくる。

「や、だよ、……卯月……」

「お前が素直じゃねえからこうなるんだ」

「あああ……っ」

さらに強く握られると、たまらない。

純耶は悲鳴のような声を上げ、内腿を震わせる。その足を卯月は高く掲げ、内腿に歯を押し立ててくる。

「う、づき……っ」

柔らかい皮膚に尖った歯先が食い込む感覚が、ぞくりと全身に広がる。甘さだけではない。微かな恐怖と背徳感が、強烈な刺激にすり替わろうとしている。

「……お願いだから、もう……」

「お願いって言われても、わからねえよ」

それでもまだ卯月は許してくれない。

「俺に何をさせたいのか、はっきりその口で言え。ここをもっとしゃぶれって言うのか、それとも俺のモンをお前に突き立てて欲しいのか。それとも──このまま、放り出してほしいのか」

強く首を横に振る。

この状態で放り出されたら、頭がおかしくなってしまう。

「……欲しい」

だから今度ははっきり、自分の求めを口にする。

「何が欲しい？」

卯月はさらに聞いてくる。端整な顔を間近にまで寄せ、純耶を視線でも征服していこうとする。

瞳の奥には、常に燃えさかる炎が見える。獣のように獰猛でいて、ふとした瞬間に垣間見せる優しさに、骨抜きにされてしまう。

ずっと、この男が欲しかった。

この男に求められたかった。

一度は失ったと思った。二度と会えないと思っても、心の底から欲する心までは消えてなくならなかった。

愛するという気持ちだけでは足りない。もっと強くもっと深い気持ちで、卯月を求めている。

「……卯月が、欲し、い……っ」

絶え絶えの息の中、やっとのことで言葉にした瞬間、苦しいほどに唇を貪られる。

顎を捕えられ、激しく舌を絡まされる。喉の奥まで伸びてきそうな勢いで、口の中に溜まる

唾液を飲み干される。

「……っ」

そのままの激しさで、前が解放されたかと思うと、右の膝を高くまで抱えられ、卯月自身が押し当てられる。

一気に突き立てられる衝撃に、喉を上下させる。塞《ふさ》がれたままの唇からは声を上げることはできず、ただ苦しさに眉を顰める。

そのまま一気に奥まで押し入り、またすぐに引き抜かれる。

「――っ」

咄嗟に体を萎縮させると、また挿入される。あまりの激しさに、純耶はただただ翻弄される。

「純耶……純耶っ」

荒々しい動きに外れた卯月の唇からこぼれ落ちた純耶の名前は、脳天まで痺れさせるほどに甘い。何度も名前を呼ばれながら繰り返される律動に、高まっていた体は今にも爆発しそうだった。

卯月と繋がっている。

その事実を実感させてくれる熱に、純耶の熱も上昇する。

「卯月……卯月……っ」

「――達《い》っちまえ、よ……っ」

一際強く突き上げられた瞬間、ふわりと体が浮揚するような感覚を覚える。

「卯、月――っ」

指の先が痺れ、膝が弛緩する。あ、と声を上げようとした次の刹那《せつな》、自分と卯月の腹の間で、破裂した欲望が飛び散った。


「いい加減、俺のマンションに来い」

力果ててベッドに蹲《うずくま》る純耶の後頭部に、優しく卯月の手が触れてくる。銜《くわ》え煙草にガウン姿の卯月は、シャワーを浴びてすっきりした様子で、どかりとベッドの端に腰を下ろす。窓から見える夜には星が瞬いていた。

「仕事を辞めてもう二週間だ。収入のない状況で一人暮らしをするのも限界があるだろう？　何度も言っているが、俺の方はいつでも、お前を受け入れる準備ができている。荷物なんていらない。身ひとつで来ればそれでいい」

「――……」

どう答えたらいいのか言葉が見つからず、つい純耶は黙り込んでしまう。

卯月の指摘するように、仕事を辞めた今、就職していたときの貯蓄を切り崩して過ごしているのは事実だ。

そして仕事を辞めた理由も、卯月と過ごすためだった。だが――。

「嫌なのか?」

「嫌なわけじゃない」

すっと伸びてきた卯月の指が、俯《うつむ》き加減の純耶の顔を上向きにする。でもそれが嫌で顔を逸《そ》らそうとすると、さらに無理やり顔の向きを変えられた。

「だったら、どうして首を縦に振らない? 意地を張っていてもしょうがないだろう」

僅かに荒くなる語調と、間近に迫った卯月の顔に、純耶の心臓が微かに軋《きし》む。

「――意地を張ってるわけじゃない」

「嘘を言うな」

「嘘なんて、言ってない」

情事の痕《あと》も生々しい体に、卯月の指が伸びてくる。自分のつけたキスマークを辿《たど》るように移動していく指の感覚に流されそうになりながら、純耶は小さく息を呑む。

「だったらどうして俺のところへ来ない?」

意地の悪い指先が、戯れのように胸の突起を探っていく。ほんの少し前まで燃え上がっていた体には、容易に火が点《つ》いてしまう。

細胞のひとつひとつの燻《くすぶ》っていく感覚に、純耶は無意識に唇を噛んだ。

流されてしまったら、また最初に戻ってしまう。こうしていつまでも曖昧《あいまい》にできるものではない。今日こそは、はっきり自分の想いを伝えねばならない。

純耶は意を決し、卯月の手の上に自分の手を置いて動きを封じる。

「なんだ」

怪訝な卯月の視線に僅かに躊躇いを覚えつつ、唇を開く。

「俺は……」

その刹那、まさに計ったかのようなタイミングで、携帯電話の呼び出し音が鳴り響く。互いに互いの顔を一瞬見合わせ、卯月は眉を下げるものの、そのまま動こうとしない。

「……電話」

「気にするな。続けろよ、俺は、の先。俺に言いたいことがあるんだろう？」

卯月はにやりと笑う。思わせぶりな言い方にむっとして、純耶は卯月から逃れる。

「あるよ、言いたいこと。でも、電話の後にする」

純耶はベッドから下り、卯月の背広の上着のポケットから、うるさく鳴り続ける携帯電話を探し出す。それを差し出された卯月は表情を変えることなく乱暴に受け取り、純耶に背を向けた。

「――俺だ」

卯月は送話口を軽く手で覆うようにして、低い声で応じる。電話の相手はおそらく岩槻総一《いわつきそういち》だろう。興隆会の幹部であり、かつて卯月の教育係でもあった男は、今は従順なる僕《しもべ》である。

ぱっと見、エリートサラリーマン然とした外見の持ち主で、興隆会の頭脳とも呼ばれる岩槻は、卯月と純耶の仲を知る数少ない人間だ。

高校のとき、卯月と純耶の仲を引き裂いた張本人でもあるが、今は二人の仲に対し口を挟むことはない。

「なんだって？」

苛立《いらだ》った卯月に、はっとする。純耶の視線に気づいたのか、一瞬こちらを振り返った卯月の眉間には深い皺が刻まれていた。

急いで送話口を大きな手で塞ぎ、さらに声を低くした。

「……それで場所は？　わかった。すぐに行く。……いや、迎えはいい」

手早く用件を済ませた卯月は、携帯電話を閉じた。

「卯月……」

「親父が撃たれた」

何があったのかを問う前の返答に、背筋がひやりと冷たくなる。

「撃たれたって、どういうこと？　誰に？」

「撃たれたと言ったら撃たれたんだ。岩槻が一緒だったから大したことはないらしいが、俺にもそれ以上のことはわからない」

らしくもなく早口に答えながら、卯月は羽織っていたガウンを脱ぎ捨てた。

「それで、今は……」

「とりあえず病院に担ぎ込まれたらしいが、それ以上の状況ははっきりしない」

パンツに足を通し、シャツを羽織る。ボタンを留める前に乱暴に裾をウエストに押し込んでから、ベルトを締めた。

「はっきりしないって……岩槻さんらしくもない」

「電話の相手は、岩槻じゃねえ」

「……なんで?」

組の会長が撃たれたという一大事だ。

息子であり、さらに跡目である卯月に連絡をしてくるのは、岩槻以外にあり得ないと思っていた。

それなのに違うと言う。つまりそれは岩槻に電話を掛けられる余裕がないということなのか。

「そんなこと、俺にわかるわけがねえだろう!」

明らかに苛立った様子で、卯月は返してくる。驚きの目を向ける純耶に気づいて、すぐに卯月は振り上げた手で髪をかき上げる。

「あっちはあっちで、大騒ぎなんだろう。とにかく、今の電話は組の若い奴だった。あっちに行かねえと、埒《らち》が明かねえ」

ネクタイを手早く結び、袖にはカフスを通す。必死に平常心を繕おうとしていても、上手くカフスを嵌《は》められない指先を見れば、動揺しているのはわかる。

「俺は病院に行く。後のことは稲積《いなづみ》辺りから連絡させる。お前は……」

こちらに視線を向けた卯月は驚きに目を丸くし、先の言葉を失う。

「どこの病院？　確か前に使っていたのはお茶の水の病院だったよね。今回も同じ？」

「あ、ああ……それはそうだが……」

「この時間なら、一般道でも平気かな。首都高速だと神田のインターが近いんだろうか」

シャツにジーンズというラフな格好に着替えた純耶は、車のキーを握った。

「純耶」

「荷物はどうしようか。いっそのことチェックアウトは済ませる？　それとも一旦戻って、後から色々したほうがいいのかな」

元々純耶は大した荷物は持ってきていない。卯月も同様だ。

「あ、でも戻る手間を考えると、チェックアウトができるなら、その方がいいね。コンシェルジュに連絡をしておくから……」

電話に伸ばそうとした純耶の手を、背後から伸びてきた卯月の手が阻《はば》む。

「何をやってる？」

肩越しの低音が、耳朶を擽る。

「チェックアウトできるか確認しようと……」

「そうじゃない」

苛々した口調で、純耶の説明を途中で遮る。

「なんでお前まで、着替えているんだと聞いている」

片眉を上げ、不機嫌そうな視線を向けている。卯月が何を言おうとしているかなど、純耶にはわかりきっていた。

「そんなの、俺も一緒に行くからに決まってる」

「何を言ってるんだ。お前はここで……」

「駄目だなんて言わせない」

卯月の言葉を強い口調で遮る。

「大体、そんな形相でタクシーなんかに乗ったら、運転手さんが怖がって乗車拒否するよ」

「な……っ」

「とにかく、卯月が駄目だと言っても一緒に行く。連れて行ってくれないなら、その後を追いかけていく」

強い口調で言い放ち、卯月の顔を真正面から睨みつける。

これまでは、卯月の顔色を窺《うかが》い、極力彼の裏の顔には触れないようにしていた。だが、そんな時期はもう過ぎたのだ。

迷惑になるかもしれないと思う気持ちは拭えない。だが、このままじっと、待つだけの状態は嫌だった。

「——バカか、お前は」

苦渋に満ちた口調で卯月は言い放つ。

「バカなのは前からわかってることだろう?」

それに対し、純耶は笑みで返す。こうなったら純耶が簡単に折れないことを、卯月は知っている。

「勝手にしろ」

だから思い切り大きなため息を漏らし、前髪をざっとかき上げた。

2

車の中には、重い沈黙が流れていた。

助手席に座った卯月は、胸の前で腕を組んだまま、真っ直ぐ前を見据えている。

車に乗る前にも、一騒動あった。

酒を飲んでいる癖に、卯月は自分で運転すると言い張ったのだ。当然のことながら、病院へ向かう前に何かがあったら目も当てられないと、なんとか説き伏せたものの、卯月は気にくわなかったらしい。

卯月の腹立ちがわからなくはない。ただでさえ、父親が銃撃されたと聞いて気が立っているところに、待っていろと言われたのに従わなかったのだ。さらに車の運転を譲らなかったことが、気に食わないのだ。

それがわかっていても、純耶も譲らなかった。電話の前に話していた件も、宙ぶらりんの状態で触れないでいる。

とにかく、卯月の父親の怪我が、大したことないように――それだけを思って、夜の道路を走っていくと、途中で再び卯月の携帯電話が鳴った。険しい表情のまま電話に出ると、短い言葉を交わしながら、視線を純耶に向けてきた。

「表にはブンヤが来ているらしいから、裏へ回せと言ってきた」

「裏?」

「道案内をする。次の信号を右へ……」

電話の相手の言葉どおりに迂回して、裏側の入り口へと辿り着く。

が、そこもまるっきり誰もいないわけではない。純耶の運転する車に気づくと一斉にこちらにカメラが向けられるものの、すぐに興味が失せたようにまた周囲に視線を戻す。

「今の……」

咄嗟に純耶が助手席を向くと、身を隠すように体を低くしていた卯月が、おかしそうにくすくすと笑いを漏らす。

「卯月……」

何を笑っているかわからないまま、裏側に位置する入り口の車寄せに進入する。と、緑色の非常灯ランプの灯る病院の中から、黒いスーツの男と、ラフな革ジャンにジーンズ姿の男が二人、走り出てきた。

瞬間、卯月の表情が変わる。

「卯月さん、すみません」

ドアを開けて頭を下げてくるのは、稲積隼人《はやと》だ。赤茶色の髪に、鍛えられた逞しい体つきの体を、今日は珍しくスーツに包んでいる。太い眉と鋭い瞳が印象的な男で、右目の下の微かな傷がトレードマークとなっている。

「どういうことだ」

完全に停車するよりも前に、卯月はドアを開けて体を乗り出した。開いていた背広の前のボタンを留めながら、早口に卯月は質問をする。

「それは病室の方で……それよりも、よく記者たちに気づかれないで済みましたね。正門と比べれば少なかったものの、何人か張っていたでしょうに」

「ああ」

もう一人いた、頭に白い物の混ざる年配の男は、周囲を気にするように声を潜めた。

卯月は微かに目を細め、ちらりと視線を向ける。その先に、運転席から降りたばかりの純耶がいたのだ。

「どっかの強情な奴のおかげだ……稲積」

「はい」

卯月の声で、稲積はぴんと背筋を伸ばす。

「悪いが、そいつを頼む」

そいつが誰か、あえて確認しなくてもわかる。

「俺も……」

だから、咄嗟に純耶は車のキーだけ抜いて、卯月を追いかけようとした。

「わかりました」

しかし、そんな純耶の行く手を遮るように立ちはだかった稲積は、毅然《きぜん》と応じる。

その大きな体越しに純耶の顔を確認した卯月は、すぐにもう一人の男の案内で病院の中へ進んでいってしまう。

「卯……」

「大きな声を上げないでください」

開きかけた純耶の口を、稲積の手が覆う。太い指先からは、煙草の匂いがした。

「稲積さん、どいてください。俺も……」

「気持ちはわかります。ですが、今がどういう状況か、澤さんだってわかってるはずだ」

稲積の、潜められているものの強さのある声に、正門前に押し寄せていた記者たちの姿を思い出す。

関東最大の暴力団の会長が狙われたとなれば、これだけで済んでいるのが不思議なぐらいだ。

「そういえば、警察は……」

「その話はとりあえず後にしましょう。それ、澤さんの車ですか?」

稲積は表情を変えることなく、とりあえず純耶の口を解放し、今、卯月を乗せてきた車を指さす。

「そうですが……」

「自分が運転しますから、鍵、貸してください」

「運転って、どこへ？」

「西麻布の卯月さんのマンションまで、澤さんを送っていきます」

「嫌です」

純耶は鍵を握った手を背中に回し、後ずさる。

「子どもみたいなわがまま言わないでください。自分は卯月さんから、澤さんのことを頼まれました」

稲積の眉間に皺が寄る。

「事情は車の中で説明します。だから、ここは自分に従ってください」

さらに低くなる声に、凄《すご》みが増した。

「本当に、説明してくれるんですか」

「嘘は言いません」

きっぱりと言い放たれると、何も言えなくなる。

昔気質《かたぎ》で義理人情に篤い男だということは、純耶もよく知っている。

「……わかりました。でもひとつだけ教えてください。卯月のお父さんは、命に別状はないんですか？」

「全くありません」

「本当に？」

「はい。怪我をしたのは、会長じゃありませんから」

「——え？」

訳のわからない返答に、純耶がしばし啞然とする。その隙をついて、稲積は背後に回り、車の鍵を奪っていた。

「稲積さん」

「早く車に乗ってください。すぐに発進します」

あっさり稲積は運転席に乗り込んで、椅子の位置を調節しながらイグニションにキーを差し込んだ。飄々《ひょうひょう》としたその態度に、はっとさせられる。

「まさか、俺を油断させるために、嘘を吐《つ》いたんですか？」

急いで助手席のドアを開けて、稲積の横顔に訴える。

「——嘘じゃないです」

純耶が乗り込むのを確認した稲積は、サイドブレーキを下ろし、一気にアクセルを踏み込んだ。

強い衝撃に、体がシートの背もたれに押しつけられる。

「でも、卯月のところには、お父さんが撃たれたって……」

「実際に撃たれたのは、岩槻さんです」

「どうして？」

「会長を庇《かば》ってのことです」

当然のように稲積は言い放つ。

「一体、誰が……」

そのとき、病院の前に群がる記者たちに気づく。稲積もちらりとそちらを見て、小さく舌打ちする。

「念のため裏門へ回るように言ったけど、下手に卯月さんを迎えに行かなくて正解でした。うちの組の車だったら、一発で奴らにかぎつけられたでしょう。ありがとうございました」

「礼を言われることじゃありません。ただ、俺自身がじっとしていられなかっただけです。結果、追い返されてしまいましたが」

「それは澤さんを守るためです。いかんせん、岩槻さんを狙った相手は、まだ捕まっていませんし、記者たちの目もあります」

「――わかってます」

純耶はため息混じりに答える。

わかっているからこそ、歯がゆいのだ。

高校時代の別れののち、八年ぶりに卯月と再会してしばらくして、似たようなことがあった。会長である卯月の父親の右腕であり、稲積が「親父」と慕っていた男が殺されたときだ。

対立する組との抗争が、激化する可能性は大いにあった。さらには、元々卯月の父親を狙ったものだったことで、息子である卯月の命も危険に晒《さら》される可能性があった。

そのとき卯月は、純耶を自分から遠ざけようとした。

純耶を「女」扱いし、傍若無人に振る舞い、体を蹂躙《じゅうりん》していたにもかかわらず、突然に解放すると言い出した。

理由は、純耶を巻き込まないためだ。

敵に常識は通用しない。

卯月にとって純耶の存在が弱点だと敵に気づかれれば、どんな手段に出るか。その世界に生きる卯月にはわかりすぎるほどわかっていたに違いない。

純耶を思うからこそ、無理やりに抱き、純耶を愛するからこそ、自分から手を放すことにした。その強い感情を知ったとき、純耶は初めて自分から、卯月の手を取った。

卯月という男は、横暴で傲慢で唯我独尊のくせに、芯の部分では誰よりも優しく誰よりも純耶のことを愛してくれている。ある意味とても不器用な男なのだろう。

そんな卯月だからこそ、純耶は一緒に生きていくことを選んだのだ。

でも「一緒に生きていく」という考えが、卯月とは違うのかもしれないと、こんなときに思い知らされる。

純耶はシートに沈み込むようにして座り、窓の外に流れていく、東京の街を眺めていた。

西麻布の交差点から五分ほどの場所に、卯月の住む超のつく高級マンションは建っていた。

高層タワータイプの流行する中、赤茶色の煉瓦《れんが》のような、明治時代の西洋建築の外観を持つ瀟洒《しょうしゃ》な七階建てのマンションは、落ち着きのある雰囲気を漂わせていた。

稲積は慣れた様子でマンション地下にある駐車場に車を置くと、エレベーターで最上階へ上がり、手にしていたカードキーでオートロック式の扉を開ける。

そして面前に広がるのは、シックな照明に照らされる、大理石を敷き詰められた床だった。

廊下を過ぎて入ったリビングは、洗練された調度品でまとめられ、整然とした印象を受けた。

「適当に座ってください。今、なんか飲み物用意しますから」

「……はい」

背広の上着を脱ぎ捨て、ネクタイの結び目を緩めた稲積は、カウンター越しにあるキッチンへ移動して冷蔵庫を開けた。

どこに何があるのかわかっているようだ。

純耶は部屋の中をぐるりと見回す。

男の一人暮らしとは思えないほどに、綺麗だ。ただ、部屋の中に微かに漂う馴染《なじ》みのある煙草の匂いが、卯月を感じさせてくれる。

窓は高い天井まで届くほどに大きい。そこにかかる遮光カーテンに手を掛けた瞬間、「駄目です」と背後から怒鳴られる。

「どうしてです?」

「どこから部屋の中を見られているかわかりません。絶対に、カーテンは開けないでください」

稲積は真顔で言う。

「この部屋のことは、組内部でも知ってる人間は多くありません。でも、どこから情報が漏れるかわかりませんから……」

「わかりました。すみません」

純耶はカーテンから手を離し、ソファに腰を下ろす。

「ビールしかないんですけど、いいですか」

リビングに戻ってきた稲積の手には、缶ビールが二本と、つまみの入っている袋がひとつ握られていた。

「……ありがとうございます」

この状態で酒を飲む気にはなれないが、とりあえず受け取る。

互いに向かい合わせに座るが、なんとなく落ち着かない。

「——自分と二人だと、嫌ですか?」

「そんなことありません」

そんな様子に気づいただろう稲積の発言に、純耶は慌てた。

「ただ、卯月の部屋に来たの初めてだから……なんとなく落ち着かなくて」

「初めて？」

無造作な手つきでビリビリとつまみの袋を破っていた手が止まる。

「ここに来たこと、ないんですか」

「……」

卯月と会うときはいつも、卯月が常宿にしている新宿のホテルだった。

西麻布のマンションで一緒に住もうと誘われるようになったのは、純耶が仕事を辞めてからだ。

でもずっとそれを拒み続けている。

自分と卯月の関係を稲積が知っているとはいえ、まさかそんなやりとりまで知るはずもない。

そう思いながら、なんとなく後ろめたい気持ちになる。

卯月と先ほども、そのことで話をしていたばかりだ。

「てっきりもう、一緒に住んでるもんとばかり……ここんとこ、自分もここには来てなかったもんですから……確か澤さん、仕事辞めましたよね？　もしかしてまだ、一人で暮らしてんですか？」

「そうです。一人で暮らしてます。だったら、なんだって言うんですか？」

つい喧嘩腰になってしまう。

前に置かれた缶ビールを手に取り、プルトップを開ける。軽く炭酸の弾ける音がして、白い泡が溢れてくる。それが零《こぼ》れる前に口を寄せた。よく冷えたビールが、喉元を過ぎていく。

「いや、なんで卯月さんと一緒に暮らしてねえのかが気になっただけなんですが」

余計なお世話だと言いたいものの、聞いてくる稲積は真顔だ。

「理由なんて、特にありません。俺も卯月も大人の男だから、それぞれの生活がありますし」

「そんな一般的な理由で、自分が納得すると思ってんですか?」

純耶の嘘は、稲積の強い口調で遮られる。じっと睨みつけると、稲積はすぐにはっと息を呑み、「すいません」と謝りの言葉を口にする。

「それこそ、自分の口を挟む話じゃねえのはわかってます。でも、澤さんだってわかってるはずだ。卯月さんがどういう立場にいる人間か。だから、仕事を辞めたんじゃないんですか」

痛いところを突いてくる言葉に、純耶は視線を絨毯に落とす。

「……だからといって、卯月の世話になろうと思っていたわけじゃ……」

「そういうことを、言ってんじゃねえですよ」

再び、稲積の口調が荒くなる。

「澤さんの気持ちがまったくわからねえわけじゃない。実際、これまでは、それでも問題なかったかもしれねえ。だが、今後のことを考えると、あんたがそういう勝手なことをしてると、卯月さん自身に迷惑が被《こうむ》るかもしれねえってことを、自覚してください」

稲積は大きなため息混じりに言うと、ズボンのポケットから煙草を取り出した。忙《せわ》しなくライターで火を点ける態度に引っかかりを覚えた。

「今後のことって、何？　もしかして、今日のことと関係あるんですか？」

純耶の問いに、稲積は僅かに動きを止める。

「卯月さんから、今日のこと、どこまで話を聞いてんです？」

「お父さんが撃たれたらしいこと以外、何も」

だが、撃たれたのは卯月の父親ではなく、岩槻だといっていた。となると、全く何も知らないのと同じだ。

「うちのオヤジの件、覚えてますよね？」

「──もちろん」

稲積の言うオヤジは、卯月の父親を守って昨年、殺された男だ。

関東連合興隆会の幹部であり、会長の右腕と呼ばれた男──橋口《はしぐち》という名前だったことは、最近になって卯月から教えてもらった。

その橋口を殺したのは、興隆会と対立する、久方《ひさかた》組の二代目の息子だった。

それゆえ、新宿歌舞伎町を中心として、きな臭さが広がった。しかし、互いの組同士の話し合いにより、久方組二代目が首謀者である息子を警察に差し出し、さらに今後歌舞伎町から一切手を引くことで、ぎりぎり抗争は免れたはずだ。

その決定に目の前にいる稲積が反発を覚え、純耶を餌に卯月と組にたてついた事実は、まだそれほど遠い前のことではない。

新宿の廃墟ビルに拉致《らち》され、暴力を加えられ、強姦されかけた。命の危険もあった。だが純耶は、稲積を憎めなかった。

卯月は稲積を、悪い奴ではないと言っていた。信用している、とも。

あの卯月がそう言う以上、自分をそんな目に遭わせるにも、理由があるに違いないと思っていたのだ。

事実稲積は、純耶を利用しようとしながら、利用しきれなかった。根底から捻《ねじ》れているわけではない。ただ、組を愛し、卯月を崇拝しているがため、暴走しかけただけだったのだ。

最終的に稲積は純耶と卯月に謝罪し、表向きは和解している。以前にも増して卯月への忠誠心は高まり、それは純耶に対しても波及している。が、すべてのわだかまりが取れたのかと言えば、正直なところ、わかっていなかった。

ただ組内で純耶のことを知る存在は、岩槻に次いで二人目になる。猪突猛進なところに変わりはないが、生真面目で腕の立つ稲積は、卯月にとって実に都合の良い部下となっていることだけは確かだ。

だからこそ、あの場で卯月は、稲積に純耶を託したのだろう。

「久方組の二代目は実質引退した。さらに、犯人を警察に突き出したことで、話はまとまったはずだろう?」

「その――はずでした」

「はずということは、何かあったんですか?」

嫌な予感がする。

「どうやら、こっちが予想しているより、刑期が短くなりそうなんです」

「短くって、どのぐらい?」

「まだ今の段階じゃはっきりしません。が、下手すると、五年とか六年になる可能性もあるらしいと聞いてます」

「そんな。人が一人死んでるんですよね? それなのに、五年や六年の刑期で済むものなんですか?」

「それは、俺が聞きてえことです」

稲積の声は、地を這うがごとく低く押し殺されている。

「稲積さん……」

「絶対ないことじゃないです。法律なんてもんはわかりませんが、うちの組でも、五年の刑期で出てきた人間はいますから」

苦しげに、稲積は答える。

「オヤジは会長を守るため、常に刃物を携帯してました。当然、殺されたときにも、相手に向かってそれをかざしてます。実際、犯人の奴も、手傷を負いました。もちろん、オヤジに比べれば、軽傷ですけどね」

揶揄するように稲積は薄く笑い、長くなった煙草の灰を灰皿に落とす。命を落とした橋口と比較すれば、生き残っている男は、どんな状態でも軽傷にしか思えないだろう。

稲積にとって橋口は、命を救ってくれた男だった。そして、生きていく道を教えてくれた恩人。親とも慕う人間を殺されて、我慢しろというのが無理な話かもしれない。実際稲積は、犯人を殺したあと、己も自殺するつもりでいた。

だが、いずれもできず、一度死んだ命として卯月の下にいる。

「とにかく自分は頭が悪いんでよくわかりませんが、うちと久方組との関係とか、オヤジのそういった事情を、犯人側にいいように使われる可能性があるって言うんです」

「そんな……」

純耶も法律に詳しいわけではない。だから、実際の裁判において、最終的に刑が確定するかわかっていない。

「おまけに奴についている弁護士は、元々久方組の息の掛かっていた人間だっていうんです。要するに最初っから、あいつらはこうなることを見越して、表向きこっちに詫び入れただけじゃねえかっていうのが、うちの組でも噂かれるようになってきました」

そう考える人がいるのもわからなくはない。事情をほとんど理解できていない純耶とて、なぜなのかと疑問に思ってしまうほどなのだから。

「元々、自分みたいに今回の取り決めに納得してねえ奴らが、組内にいました。もしかしたら、久方組に、嘗《な》められてるんじゃねえかって話にもなって、うちの組を強化する動きが、本格化してきました」

短くなった煙草を吹かしながら、稲積は純耶の顔を見つめる。

「要するに、卯月さんの正式な幹部入りです」

「卯月って、今、組内では、どういう立場にいるんですか？」

「……知らないんですか？」

稲積の驚きの表情も見慣れた。

「高三の夏に、跡目襲名披露をしたという話は知っています。あと、株式会社興隆産業の社長だってことは知ってます」

だがそれだけだ。卯月は基本的に、組内部のことは話さなかった。

それは、純耶を組の面倒に、巻き込まないための思いやりだったのだろう。これまで、家ではなくホテルで会い続けていたのも、純耶の立場を危うくしないためだ。でも、こうして話していると、切ない気持ちになるのも事実だった。

「最近のヤクザの中じゃ、親分が自分の子どもに組を継がせることは、滅多にねえって、知ってますか？」

「——知りません」

思わず首を強く左右に振る。

組長の子なら、当然その地位を継ぐものだと思っていた。

「小せえ組ならともかく、うちみたいな規模の組じゃ、非常に珍しいパターンです。ホントのところ、卯月さんが跡目を襲名する際、組内部には、跡目の有力候補が二人いたんです。どっちも甲乙つけがたい状況だった。組内で、意見はまっぷたつに分かれていた。下手すりゃ、組の分裂の危機に陥ってました」

「つまり卯月が跡目になったのは、組を分裂させないため、ということだけだったんですか？」

「それもあります。だがそれは、卯月さんって人が跡目となるに相応《ふさわ》しい素質と力量と器を備えているってことを、誰もが承知していたはずだ。それなのに、若いからってだけで、文句をつける奴らもいた。だから卯月さんは、あのとき、役職に就くことがなかった」

稲積は奥歯を強く噛み締める。

純耶がはっきり知る組の人間は、岩槻や稲積といった、比較的若い年齢だが、卯月の父親の年齢やそれ以上高齢の人間が、もっと多く属しているのだろう。

そんな中、高校三年生の卯月が跡目を襲名するという事実は、そう簡単に受け入れられるものではないだろう。

「あれから十年近い日々が過ぎて、卯月さんはその手腕とカリスマ性を明確に示し、実績を積んできた。今、卯月さんの跡目について、文句を言う輩《やから》はいねえ。むしろ逆に、役職に就いてねえことで、他の組の方が不審に思ってるぐらいだ」

「だから、正式な幹部にするというんですか？」

「そうです。卯月さんって人間が、うちの組には存在している。その事実は、他の組の奴らには圧倒的な牽制となるんです」

「それに対し、卯月はなんと言ってるんですか？」

純耶が尋ねると、稲積は軽く眉を顰める。それだけで、答えの予想がつく。

「卯月さんって人は、義理堅いっていうか、変なところで意固地っていうか……実際に自分が組を継ぐにはまだ早い。それまでの間に、卯月さんよりも組の頭《かしら》として相応しい人間が現れるかもしれねえって言って、若頭になることを拒んでんです。さらに……っと、これは関係ねえ話でした」

「途中まで言いかけて誤魔化すのはやめてください」

「別に誤魔化してるわけじゃ……」

慌てて稲積は短くなった煙草を灰皿に押しつけ、両手を顔の前で振る。だが動揺しているのは明らかだ。

「説明してくれるって言いましたよね？」

じっと視線を逸らすことなく訴えると、稲積は何度目かわからないため息をついた。

「また見合い話が、持ち上がってんです」

瞬間、ひやりと冷たいものが、背筋を走り抜けていく。

「この間の話は、断ったんでしたよね……？」

「そうです。でも、今回も同じ久方組からの話で、相手が違います。よりにもよって、正道塾の組長の娘らしいです」

「正道塾って、関西の……？」

「そうっす」

正道塾――新生会正道塾は、関西の広域暴力団だ。テレビや新聞で何度か目にしたことがある。興隆会よりも歴史の古い、国内最大とも言われる組織らしい。

「なぜ久方組が間に入ってるんですか？」

「自分に聞かれてもわからないっす。でも、正道塾と手を組むことは、うちの組としてプラスマイナス両方がある。おまけに、それで久方組がいい目を見るかもしれねえってのが、納得いかねえところもある。それではっきり返事しねえでいたら、今回のことがあったわけです」

そしてようやく、話が最初に戻ってくる。

「今日、会長は、久方組と話をするために外に出ていた。内々の会合だからってことで、互いに必要最低限の人間しか連れて行かなかった。互いの組内部でも、今日の会合を知ってる奴は少なかった。そんな状況下で、うちの会長が襲撃された。実際撃たれたのは岩槻さんだが、でも、それは会長を庇ったからのこと」

「犯人は、久方組の人間なんですか」

「わかんねえです。が、うちの組の人間に、久方組の頭をぶっ放したいと思ってる奴はいても、会長を撃とうなんてばかな奴はいねえ」

強気な言葉に背中がひやりとするものの、確かにそう考えれば、久方組の関係者の可能性は限りなく高くなる。

一度鎮火したはずの炎が、再び燻り始めているのかもしれない。前回のときには、卯月は純耶から離れようとした。だがもう、今度はその選択肢はない。

「とにかく、今は自分らにも、何が起きているかわかってない状況です。会長が狙われた以上、卯月さんも安心なわけじゃねえ。だから、卯月さんからの連絡があるまで、しばらくはここでじっと待っていてください」

「卯月の指示、なんですか」

「何かのときには、自分に純耶さんを守るようにと言われてます」

稲積はソファから下りて、絨毯の上に膝を突いた。

「澤さんも知ってのとおり、自分は一度、命を捨てました。その命を拾ったのは卯月さんだ。そんときから、自分の命は卯月さんのものになりました」

卯月に忠誠を誓い、純耶に謝罪はしても、稲積隼人という男の心が変わったわけではない。相変わらずの鉄砲玉で昔気質の義理人情に篤い部分に変わりはない。今でもおそらく、警察まで乗り込んでいき、橋口を殺した張本人に仇討ちしたいと思っているだろう。常に牙と爪を研ぎながら、卯月の命令をじっと待っている。

きっぱりとした稲積の口調と強い光を放つ瞳は、決意に揺らぎのないことを証明している。

では、自分はどうだろうか？

卯月と一生一緒にいることを選びながら、どこかでまだ躊躇している。守られるだけの存在を嫌悪しながら、結局そうせざるを得ない状況を作っているのは、他ならぬ純耶自身なのだ。

「――ところで、腹、減りませんか？」

突然に、話題が変わる。

そんなことはない、と言いかけて、空腹を感じていることに気づく。

「少し」

「近くにコンビニありますんで、ちょっと自分、なんか買ってきます」

「……俺、何か作りましょうか？」

「え？」

立ち上がりかけた稲積は、短い声を上げる。

「と言っても材料がないと作れないいんですが、冷蔵庫に何か入ってますか？」

「なんもないと思いますけど……」

「ちょっと見てみます」

実際にキッチンに入って冷蔵庫の中を見ると、稲積の言うとおり、見事なまでに空っぽだった。めったに戻ってこない家の冷蔵庫に、食材があるわけがない。背後にやってきていた稲積が、「ないですよね」と確認してくる。

「……じゃあ、卵を一パックと、ベーコンかソーセージと、ホワイトソースの缶詰とスパゲティ。それから、ポタージュスープの素を買ってきてもらえますか？」

「いや、だから、弁当でも……」

「俺の手料理は食べたくないですか？」

「そんなことはねえです。でも……」

あえてそう尋ねると、稲積は困惑した顔をする。

「いずれにしろ買い物に行ってくれるなら、食材を買ってきてもらうのも同じですよね？　お腹が空いていてすぐに何か食べたいなら別ですが……」

「それはないんですが、でも、澤さんにそんなことをさせるわけには……」

「腹が減っては戦はできぬ、ですよね。コンビニの食事が必ずしも悪いとは言いませんが、こういうときだからこそ、なんかしていないと気が滅入りそうなんです」

純耶は力なく笑う。

一人で暮らしている時間が長いため、それなりに作れるが、決して料理が特別好きなわけではない。

ただ、稲積に訴えたように、ただぼうっと待っているよりは、少しでも何かをしている方がマシに思えたのだ。

用意している間に卯月から連絡があるなら、それでもいい。

「――わかりました。でも、頼みがあります」

「なんですか?」

「今言った物、詳しくメモに書いてくれませんか? 自分、ろくに買い物したことねえんで、名称だけ言われてもわかんねえんです」

「わかりました」

思わず純耶は苦笑する。

「それからもうひとつ。万が一卯月さんに今日の話を聞かれても、自分が澤さんの手料理を食わせてもらったってことは、内緒にしてください」

「どうして?」

「絶対に自分、こんなことがばれたら、卯月さんに半殺しの目に遭いますから」

「……わかりました。絶対に言いません」

確かに卯月ならその可能性もあるだろう。何しろ卯月は、これまでに一度も、純耶の手料理を食べたことがないのだ。この事実を明かしたら稲積が絶対に嫌がるのがわかっていたので、内緒にしておこうと思った。

とにかく手近にあったメモに、稲積に伝えた食材を書き出す。わかりにくいだろう物についてのみ、簡単なイラストを添えた。稲積はそれを見て笑う。

「これならわかります」

その紙を細かく畳んで上着のポケットに突っ込んで、玄関へ向かう。靴に足を入れてから、何かを思い出したように見送りに来た純耶を振り返った。

「すぐに戻りますから、絶対に部屋から出ないでください」

さすがに現状を聞かされた今、そんな無茶はしない。

「絶対に絶対です。一瞬でも駄目です。カーテンも開けたら駄目です。万が一インターホンが鳴っても、出ないでください。もし何かあったら、速攻で自分の携帯に電話してください。番号は、この家の電話に登録されてますから……」

「わかりました」

「変な正義感を出したりしねえでください。本当に今は、何があるかわかったもんじゃねえんです。堅気のあんたに対処できる状況じゃねえ」

稲積とて、必死なのだろう。

昨日、会長の命を狙われ、落ち着かない状況の中、純耶も守らねばならない。三十になるかならない年齢の男の許容量は、いっぱいになっていたに違いない。

それはわかった。

だがわかっていても、純耶とて、余裕があるわけではない。一瞬、稲積の言葉が癇《かん》に障った。

「──そんなに心配なら、俺が逃げ出さないように、手錠でもかけていったらどうですか？」

咄嗟に口をついた純耶の言葉に、稲積が目を見開く。そして、眉間に深い皺が刻まれていく。

何か言いたげに唇が動くものの、はっきりと声にならない。稲積の顔から先ほどまで見せていた笑みは消え失せ、視線は下げられていく。

しまったと思ったときには、もう遅い。

「……すみません。あの、俺……」

「謝らないでください」

稲積は作り笑いを浮かべる。

「自分が澤さんにしたことは、そう簡単に消えちまうもんじゃねえですから」

「違うんです。俺は……」

「違わないですよ」

言い訳しようとする言葉を、稲積は否定する。

「自分は澤さんに対して、卑劣極まりないことをした。澤さんがそれを許すと言ってくれたことに、嘘はないと思ってます。卯月さんもだから、自分をこうして澤さんの側に置いている。

でも、体に植え込まれた記憶ってもんは、そう簡単に消えてなくなるもんじゃありません」

淡々と聞こえる言葉がやけに自虐的に思えてしまう。

「自分は澤さんに対して犯した罪を、それから卯月さんを裏切りかけた罪を、この身で一生かけて償っていくつもりです」

稲積は毅然とした態度と口調で言い放つと、扉に手を伸ばそうとした。

そのとき、突然に携帯電話が鳴り響く。

純耶の顔を見てから、稲積は慌てた様子で、卯月と同じようにこちらに背中を向け電話を取りだした。

「稲積です」

口元を手で覆い、低い声で応じる。が、相手の声が聞こえてきた瞬間、稲積の背筋がぴんと伸びる。

「はい、お疲れさんです。それで……どうなりましたか……はい……はい」

純耶はじっと、電話が終わるのを待つ。

「わかりました。はい……後ほど。お疲れさんです」

話し終えた稲積は、純耶を振り返った。

「午後八時に、新宿のナンバーファイブにいらしてください、とのことです」

稲積の言葉に、純耶の胸が熱くなった。

3

世界に名高い歓楽街の新宿歌舞伎町には、独特の空気が流れている。ここを訪れるたび、純耶はそれを感じる。

靖国通り沿いから見える、歌舞伎町一番街のアーチから、新宿コマ劇場まで続くメイン通りには、ゲームセンターや喫茶店、飲み屋が並ぶ。が、横に延びる細い路地に入った途端、本来の歌舞伎町が顔を覗かせる。

安っぽいネオンや、胸を露《あらわ》にした女性の写真をウィンドウに貼った派手な店が、ところ狭しと並んでいる。

はっぴ姿の客引きたちが、酔っぱらいの男に声をかける姿も珍しくない。

「お兄さん、寄ってかない。安くしておくよ」

早足で歩く純耶の腕を、客引きが摑んでくる。

稲積が一緒なら、まずこういった手合いは手を出してこない。

だがその稲積は、今この場にいない。タクシーで歌舞伎町に着いてすぐ、組の別の人間からかかってきた電話で引き留められた。しばらく電話が終わるのを待っていたのだが、時間に遅れるからと、純耶だけ先に目的のバーへ向かっていた。

「すみません、急いでいるので」

もちろん稲積がいなくても、このぐらいの誘いなら、さりげなくかわせるようになった。

「そんなこと言わないで。寄っていきなって」

少し口調が強くなる。どうやらタチの悪いタイプの客引きだったらしい。手首を摑む指の力が強くなり、威圧的な口調で睨みつけてくる。

「お客さん、興隆会って知ってるか?」

「――歌舞伎町を取り仕切っている組でしょう」

「そう。あの興隆会が、うちの店のバックにはついてる」

潜めた声で自慢気に話しかけてくる。当然、嘘だとわかっているが、相手の話をとりあえず聞く。

「それはすごいですね」

「だろう? だからさ、下手にここで断ったりしないで、寄って行きなって。そうじゃないと、後悔するのはお客さんだよ」

痛いほどに腕を引き寄せられ、口調が威圧的なものに変わる。

当人はもちろん脅しているつもりなのだろう。自分がカモに見えたのかもしれないと思ったら、おかしくなってしまった。

「何を笑ってる? 俺の話が嘘だと思ってるのか?」

「そんなこと、思っていません」

「だったら、何を笑ってんだ……っ」

掴まれた腕を引き寄せられ、スーツの胸倉を掴まれそうになったその瞬間、不意にどこからか腕が伸びてくる。そしてあっという間に、男の腕は背中に捻り上げられていた。

「痛ってえ……っ」

「何、してるんですか、貴方は」

微かに耳障りのする金属質な声は、純耶の隣に立つ男の口から発せられていた。

黒系のデザインスーツに身を包み、シャツの胸元は大きめに開いている。そこからは、細いシルバーのアクセサリーが微かに覗く。

ぱっと見、ホストのようなルックスの男は、一重の切れ長の目をさらにつり上げ、口元に冷ややかな笑みを湛《たた》えた。

「それはこっちの台詞《せりふ》だ。商売の邪魔をする気か？」

「困った人だなあ」

凄まれても、男はまったく気にする様子を見せない。

「今年の春から、客引き行為が法律で禁止されたの、知らないわけじゃないですよね？」

「知るか、そんなの。俺は別に、無理やり誘ってるわけじゃねえぞ」

店員も引き下がる態度は見せない。それどころかさらに態度が硬化して、純耶ではなくその男相手に喧嘩を売らんばかりの勢いになっていた。

「あの……」

咄嗟に仲介に入ろうとするが、男は目を細めて純耶を振り返り、小さく首を左右に振ってすぐに店員に向き直った。

「ご存知ないのならば、教えて差し上げましょうか」

「あ？　なんだよ、金で話をつけようってのか？」

男が胸ポケットに手を差し入れるのを見て、勢いづく。

「それならそれでさっさとしろよ。いくら出すっていうんだ？　人の店の営業妨害しやがったんだ。ちょっとやそっとの金で片が付くなんて思うなよ」

「それについては、改めてご相談しないとなりませんね」

不敵に笑ったかと思うと、男は店員の手の上に、お金ではなく、一枚の名刺を置いた。

「なんだ、てめえ」

「僕は実は、弁護士という仕事をしておりましてね」

「な……っ」

「え？」

驚いたのは、店員だけではない。純耶もほぼ同時に声を上げた。慌ててその口を両手で封じるが、男には聞こえていたらしい。

「驚きました？」

わざわざ純耶を振り返って確認してくるので、大きく頷きで返す。

「そんなわけで、もし詳しく法律をお聞きになりたいというのならば、場所を変えてお話をしたいと思います。実は何件か、こちらのお店で被害に遭ったというご相談がありまして……」

「じょ、冗談じゃねえ」

「……ねえ？」

一瞬、男の目が冷ややかなものに変わる。

「いや、冗談です、冗談。そちらさんに声をかけたのは、ちょっと道を聞かれたからで、うちの店に誘ったりなんてしていません」

店員も察したらしく、大慌てで嘘の弁解をしてくる。

「——とのことですが、どうでしょう？」

「これ以上時間を割かれたくないので、ここで解放してくれるなら、そういうことにしていただいて構いません」

「すいません。二度と、面倒かけませんから」

まさに脱兎の如く、店員は店の中に消えていく。

「まったく、気の小さな男だ」

笑いながら男は純耶に向き直り、にこりと微笑む。

「あの、ありがとうございました」

純耶は男に向かって、慌てて頭を下げる。

「もしかしたら、余計なことをしてしまったのかと思ったんですが?」

ちらりと窺うような視線に、引っかかりを覚える。

「どういうことですか?」

「あの男に対する貴方の態度は、まるで困っていなさそうに思えたものですから」

微かな笑みを浮かべての言葉に、純耶はしばし相手の顔を見つめる。真顔になると、鋭角的な印象を放つようだ。ただの人の好さそうなタイプではない。

「そんなこと、ありません。助けて頂けて本当に感謝しています」

「それなら良かった。仕事柄、どうしてもああいう場面は放っておけないもので」

「——そういえば、弁護士さんとおっしゃってましたよね。あの店は、本当に何か問題があるんですか?」

「いえ」

あっさりと男は否定する。

「……でも、さっき……」

「はったりです、はったり。もちろん客引き行為が法律違反なのは事実です。ぼったくりについても以前から問題になっていますし。ああ言って慌てたということは、叩けばひとつやふたつ、埃《ほこり》の出る状況なんでしょう」

そういうものなのかと純耶は呆然とするが、男は意地悪な笑いを浮かべる。

「では、なんのために、こんな場所に?」

「え? ああ、そうでした。当初の目的を忘れるところでした。ええと……産業ビルというのを探しているんですが、どこでしょう?」

「産業ビル……ですか」

「なんか、一階はキャバクラが入っていて、上の階にはバーがいくつか入っているらしいんですが……」

「……あ」

ふと頭に浮かぶビルがある。今まさに、純耶の向かおうとしているビルだ。

「わかります?」

「はっきりしませんが、一ブロック先にあるビルのことじゃないかな」

「あー、よかった。この辺り、番地もビル名もはっきり書いていないので、途方に暮れてたんですよ」

男は思い切り安心した表情になる。

「ちょうど俺も、そのビルへ行くところだったんです。よろしければ、ご一緒しましょうか?」

「そうしてもらえると助かります」

と、二人で歩き出そうとしたとき、反対側からこちらに向かって歩いてくる二人連れの背広姿の男が見えた。

「あー、ここだよ、ここだよ。ようやくあった」

酔っぱらって千鳥足になった小太りの男は、薄くなった頭まで真っ赤に染め、上機嫌な様子で店を指さしていた。

そんな男を抱えるようにして隣に立っているのは、すらりとした長身にグレーのスーツを身に着けた、穏やかな笑顔が似合う男だった。

「加島《かしま》さん、大丈夫ですか？　さっきの店でかなり早いピッチで飲まれてましたけれど」

「平気平気。このぐらい気にするな。今日は俺の奢《おご》りだから、たっぷり飲んでくれたまえ」

店の扉を開けると、やけに元気な様子で歩いていく。

その後ろ姿をやれやれと言った様子で眺めていた男は、乱れたスーツを直すため、顔をこちらに向けてきた。

そのときには、気づかなかったのだろう。だが前に向き直ろうとして、ふと何かを思い出したようにもう一度こちらに視線を向けてくる。

目尻に深い皺を刻み、伏し目がちだった男が、そこに立つ純耶を認識していく。その様子が、まるでスローモーションのように見て取れた。

「――澤、くん？」

その唇が自分の名前を紡ぐのを聞いて、純耶はほんの僅かに安堵《あんど》の息を漏らし、静かに会釈をする。

「こんばんは。藤山《ふじやま》部長、ご無沙汰しております」

隣の男を気にしつつも、少し歩を前に進める。

退職してからさほど経っているわけではないが、やけに久しぶりに思える。

「驚いたよ。こんなところでこんなタイミングで会うとはね。元気にしているのか？」

藤山は驚きから笑みへ表情を変え、以前と変わらぬ口調で話しかけてくれる。

「おかげさまで、元気にしています」

銀行を辞める直接のきっかけになった存在だ。仕事ができ、物事に対しても、実に平均的な見方のできる、人間らしい人間と尊敬していた。その男にとっても、暴力団の人間は嫌悪すべき存在であることを知った。

気持ちの上では卯月と生きていこうと決意しながら、最後の一歩を踏み出せないでいたとき、偶然藤山に出食わした。そして、藤山に卯月の正体を明かすことで、自分の中にあるすべての躊躇を払ったのだ。

あくまで「一身上の理由」で退職したが、本当の理由を藤山だけは知っている。

「それで今は……」

「藤山くん。そんなところで何をやっているんだ。早く中に……」

藤山が口を開くその寸前で、店の中から飛び出してきた加島の声が遮る。そして藤山と一緒にいる純耶に気づく。

「――なんだ、どうしたんだ、君。澤くんじゃないか」

加島は大袈裟《おおげさ》なほどに驚いた声を上げる。

「銀行を辞めたと聞いていたが、元気なのか？」

「はあ……」

「どっかの企業に引き抜かれたのかと思ってたが、実際のところはどうなんだ？」

思わず純耶は藤山に視線を向ける。彼は微かに眉尻を下げ、加島の肩に手を置いた。

「加島さん。色々事情があるんですよ。そんな風に、詮索してはいけませんよ」

「だがなあ、俺は彼の上司で……」

「元、上司ですよ。辞める前は、私が上司でした。そして私には、きちんと理由を説明してくれています」

「……っ」

藤山の台詞にはっとさせられる。

純耶の告げたことを、藤山は誰にも言っていない。それどころかとんでもない退職理由を、彼なりに理解しようとしてくれているのだ。

「ほら、行きましょう。中で待ってる人がいらっしゃるんでしたよね？」

「そうだそうだ。可愛い子が入っていてな、ぜひ藤山くんに紹介したいと思っているんだよ」

加島の興味は再び店の中にいるだろう女性に戻る。藤山の腕を掴んで、ずんずん中へ進んでいく。藤山はそんな加島の相手をしながら、最後にもう一度、純耶を振り返った。

言葉はない。ただ優しい眼差しを向けたまま会釈をするのにつられるようにして、純耶はその場で深く頭を下げた。

「僕、先に行っていれば良かったですね」

しばらくして告げられる申し訳なさそうな声に、純耶ははっとする。先ほどの弁護士のことをすっかり忘れていた。

「こちらこそ、すみません。なんか変なところをお見せしてしまって」

恥ずかしさと情けなさに、純耶は顔が上げられない。

「別に変なところだとは思いませんでしたよ。良い上司の方をお持ちで、羨ましいとは思いましたが」

「……そうでしょうか？」

「退職した部下のことなんて、気にしない人が多い中、あの人の言葉からは、本当に貴方のことを心配している様子が伝わってきました。かといって余計なことは言わないし、恩着せがましい態度も見せない。上司を見れば、貴方がどれだけ優秀な部下だったのかも想像できます」

たった一瞬の会話でそこまでわかるのかどうか疑問に思いつつも、何も知らない相手にそう言ってもらえることが嬉しかった。

「ありがとうございます」

「お礼言われることじゃないと思いますが」

再度感謝の言葉を述べると、弁護士は笑った。

改めて、目的のビルへ向かう。

意識したことはなかったが、よく見てみるとそのビルには「産業ビル」と、黒く汚れた壁に書かれていた。

「ここが、産業ビルですよ」

「上に行くためには、どこから入るんですか？」

困ったように、男は目の前のビルを見上げる。

「横に入った場所にある、細い入り口からエレベーターがあるんですよ」

純耶も最初は入り口がどこか、少しだけ悩んだ。

「今にも倒れそうなビルですね……」

「俺もいつもそう思ってます」

そしてエレベーターも、やけに揺れる。おまけに動き始める瞬間、必ず中の照明が点滅するのだ。

卯月に訴えたことはあるものの、配線の問題でどうにもならないらしい。直すにはビルを建て直すしかないと、冗談か本気かわからないことを笑いながら言っていた。

彼の言葉を思い出した瞬間、胸が締めつけられるように痛む。会えていない時間は僅かでも、やけに長い間会っていないような気がしてしまう。

「……ですか?」

弁護士の問いに、はっとする。

「なんですか?」

「何階まで行かれるんですかと聞いたんです」

「あの——五階です」

「驚いた。僕もそうなんですよ。バーがありますよね。そこへ行こうと思っていて」

「『ナンバーファイブ』なら、これから俺も行きます」

『ナンバーファイブ』は、九年ぶりの再会ののち、改めて卯月と同窓会という名目で会ったバーだ。卯月の会社が管理する店だが、木目を活かしたシンプルなデザインで、落ち着いた雰囲気を醸し出している。

不思議なほど落ち着く空気が、純耶はとても気に入っている。

『閉』ボタンを押すと、いつものように箱はがたんと揺れ、照明が点滅する。

「うわ……っ。なんだこれ」

「大丈夫ですよ、いつものことですから」

予想通りの反応に、純耶は思わず苦笑を漏らす。

「それにしても、同じ店に行かれるとは驚いたな。これも何かのご縁ですね。改めまして、僕は、弁護士の近江茂樹《このえしげき》と言います」

近江が、内ポケットから取り出した名刺を受け取る。

「頂戴します。俺は……」

自己紹介しようとしたとき、またエレベーターが大きく揺れる。五階に到着していた。

「お先にどうぞ」

とりあえず『開』ボタンを押し、近江を先に降ろす。

それから、今度はチョコレートブラウンの重たい扉を押し開きながら、近江を振り返る。

「俺は澤純耶と言います」

「澤……」

近江がその名前に眉を顰めると同時に、店の中から声がかかる。

「いらっしゃいませ」

穏やかな声で迎えてくれるのは、白髪の初老のバーテンダーだ。彼は純耶に気づくと、優しく微笑んだ。

「いらっしゃいませ、澤さん。お一人ですか?」

「いえ、後から二人、来ます」

誰がと言わなくても、察してくれるだろう。

「そちらの方は?」

バーテンダーの視線は、純耶の後ろに立つ近江に向けられる。

「こちらは初めていらした方で、近江さんとおっしゃるそうです。先ほど下でお会いしたんですよ。どうぞ」

中へ入るように促すが、近江は動こうとせず、じっと純耶を睨みつけていた。

「あの……」

「澤、さんですか」

「……? はい」

ただ、名前を確認されただけだと思って肯定すると、近江の唇が横に広がった。

「なるほど……ね。これは本当に奇遇だ」

「あの……」

近江は意味のわからないことを口にすると、満面の笑みを浮かべる。

「すみません。思っていたよりもシックなお店だったので驚いてしまいました」

近江は大股でカウンターの奥に向かい、そこの席に座る。

「あの……」

「お連れさんがいらっしゃるんでしょう? 僕はここで十分です。すみません、マティーニをください」

　渡されたおしぼりで手を拭いながら、近江はオーダーをする。

「澤さんは、こちらにはよく来るんですか？」

　近江は背広のポケットから取り出した煙草に火を点けながら、純耶に聞いてくる。

「よく、というほどではありませんが、お伺いしてます」

「澤さんはどうされますか？」

「とりあえずお茶をください」

　マスターは笑顔で頷き、カウンター奥にある厨房《ちゅうぼう》へ一旦姿を消す。カウンターには、二人だけが残される。

「近江さんは、今日はどうしてこちらに？」

　良い店ではあるが、特に表立って宣伝している場所ではない。

「人づてに噂を聞いたので、どんな感じかなーと思って来てみました。まさか、こうして澤さんにお会いできるとは思ってなかったので驚きです」

「……どういうことですか？」

「深い意味は特にないです。ただ、店の場所を聞いたら、その相手が同じ店に行く人だったという偶然を言ってるだけです」

　おかしそうに笑いながら、店の中をぐるりと見回す。

「ビルの外観とは違った落ち着いた雰囲気に驚きました。きっとオーナーの趣味がいいんでしょう」

オーナーは卯月ということになるのか。

卯月の意見がこのバーの内装等に入っているのかは知らないが、この店を気に入っていることは事実だ。店の雰囲気はもちろん、バーテンダーに対し、信頼を置いている。

「そのわりにお客さんが少ないのは、もったいない話だなあ。澤さんこそ、どこでこの店を知ったんですか？」

「近くを通りかかって……」

「表に看板はありませんよね？」

その切り返しに、ほんの少し挑戦的な色合いを感じる。挑戦的というよりは、何かを探るような空気というか。

とにかく、ただの好奇心だけではないものが、口調に混ざっている。

気のせいかと思った。だが、続く会話の中で、それは確信に変わった。

「近江さんと同じです。俺も人づてに聞いて知ったんです」

「もしかして、その知り合いって、この店のオーナーですか？」

「お待たせしました」

にやりと近江が笑ったと思った刹那、厨房からバーテンダーが戻ってくる。

「ウーロン茶と、突き出しです」

バーテンダーはカウンターの中から、コースターとフォークを純耶の前にセットする。そして、ウーロン茶と突き出しを置いた。

「今日はゴボウのサラダです」

「あ、ありがとうございます」

「突き出しでございます。マティーニは今お作りいたします」

「ありがとう」

バーテンダーはシェイカーにドライ・ジン、ドライ・ベルモットをこの店の割合で注ぎ入れ、軽くステアする。それをグラスに注ぎ、オリーブの実で飾り、レモンを軽くしぼり入れる。

艶やかな手つきでカクテルを作る間は、なんとなく口を開きにくい。

「お待たせいたしました」

そっと手元に置かれたグラスを手に取り、近江は軽く香りを味わってから口をつける。

「美味い」

「ありがとうございます」

素直な感想に、バーテンダーは軽く会釈をした。

「知ってますか？　カクテルは、マティーニに始まり、マティーニに終わると言われているそうで、三百種類にも及ぶレシピがあるらしいですよ」

「そうなんですか」

「シンプルなレシピだからこそ、バーテンダーの腕で味が決まる。それゆえ、カクテルの王様とも言われるんです。新しいバーに訪れたら、最初に必ずマティーニを頼むんですが、それはその店の特徴を知るためなんです」

悪戯を明かす子どものように、近江は笑う。

「ちなみにヘミングウェイの小説では、ジンとベルモットの割合が十五対一という、モンゴメリー将軍と称されるマティーニが登場する。英国の首相だったチャーチルの、ベルモットはグラスの上で名前を囁くだけでいいと言った話も有名だ。洒落《しゃれ》た話だと思わないですか？」

「——そうですね」

「マティーニは人生と同じだ。ジンとベルモットを他の言葉に当てはめれば、面白い公式が成り立つかもしれない。たとえば、男と女。たとえば、仕事と金。それから、敵と味方」

グラスを揺らしながら、近江は視線を純耶に向ける。

「澤くんなら、ジンとベルモットを何に例える？」

「俺、ですか」

「そう。君」

近江は純耶の確認に頷く。

「善と悪、というのもありかな」

笑いながら告げられる近江の言葉の意味を考える。

近江は自分に何を聞こうとしているのか。店に入ってから、というよりも自己紹介をしてから、明らかに近江の純耶に対する態度は変化した。

キャバクラの店員に接していたときほどの棘《とげ》はないものの、それに近い感情が漂ってくる。

探るような煽るような、裏のありそうな視線に、違和感を覚える。

大体、初対面の相手に対し、こんな質問を投げかけてくるだろうか。

単なる好奇心、なのか。

それとも。

「――近江さん。もしかして、俺のことを知ってるんですか？」

もしやと思っての問いに、近江はふわりと笑う。

「どうしてそんな風に思ったんです？」

煙草を軽く叩き、灰を落とす。

「なんとなく、です……」

「なんとなく、ね。だったら逆に聞いてもいいですか？　澤さんのことをもし知っているのなら、どうしてそれを隠すんでしょう？」

「……わかりません」

返す言葉はない。

わからないから、不思議だったのだ。

「自分でも理由のわからないことを、相手にぶつけては駄目でしょう。どんな事柄に対しても、原因と結果、そして理由が存在するわけですから。だから貴方の中には明確に、僕が貴方を知っているかもしれないという理由がある。でもそれを言いたくない。違いますか？」

「すみません……」

理詰めにされると、さらに言葉に詰まる。

「謝られることじゃありません。それに、澤さんの推測は、決して間違っていないわけですから」

「……それは……」

「ご馳走様でした」

純耶が改めて質問しようとしたタイミングを待っていたかのように、近江はグラスに残っていた酒を飲み干す。そしてカウンターに両手を突いて立ち上がった。

「会計をお願いします」

純耶の質問を避けるかのように、カウンターの中のバーテンダーに告げる。

近江は胸元から取り出した財布の中から、一万円札を一枚引き抜いた。

釣りをもらい財布をしまうと、ゆっくりとした足取りで出口へ向かって歩き出す。

一歩、また一歩、近づいてくる。その姿を、純耶はずっと見つめていた。

そして背後を通り過ぎる際、純耶にだけ聞こえる声で言った。

「あまり一人で出歩かない方がよろしいですよ」

抑揚のない、やけに粘着質な嫌味なその口調に、背筋がぞくりとする。キャバレーの店員に向けたのと同じ表情が顔に浮かんでいる。

卯月という恋人がいることで、裏の世界の男たちの声や口調は、それなりに聞き慣れていた。多少の恫喝《どうかつ》にも怯《ひる》んだりはしない。

だが、そういった男たちの声と、今の男の声は、まったく性質が異なっている。得体の知れない気持ち悪さだ。

「近江さん……っ」

けれど必死に堪え、店を出ようとする近江を呼び止める。

「また、いずれ」

一瞬足を止めるものの、振り返ることなくそう告げた男は店を出ていく。

ガチャンと重たい扉の閉まる音がして、やっと息を吐ける。しかし、再び開く気配に、純耶ははっとする。

「遅くなってすいません」

咄嗟に身構えて見つめた乱暴に開いた扉の前に立っていたのは、ぜいぜいと肩で息をする稲積だった。

「ちょっと面倒なことになっちまいまして……」

「──なんだ……」

安堵すると同時に、体の力が抜けていく。

「どうしたんですか、澤さん」

「今ちょっと、変わったお客さんがいらしていたんですよ」

稲積の問いに、バーテンダーが応じる。

「変わった客って、もしかして自分が、エレベーターで入れ違いになった男ですか？　澤さん、お知り合いですか？」

「知り合いというか……ちょっと前に会ったばかりの人なのに……なんか俺のことを知ってる風だったんです」

「なんですか、それ」

稲積の表情が微かに険しくなる。

「そういう意味で変な人ではないと思います。弁護士だと言っていたし」

「名前は？」

「名刺をもらったんです。近江さんという方です」

「近江？」

渡した名刺をまじまじと眺めていた稲積の眉がみるみる上がっていく。

「ご存じなんですか？」

「――この男、澤さんに、何か言ってましたか？」

視線を名刺に向けたまま、唸るような声で尋ねられる。

「何かって……」

「言われたんですか！」

稲積は、痛いほどに両腕を掴んでくる。

「何を言われたんですか？　それからあいつはどうして澤さんのことを知ってるんですか」

勢いのまま、背中がカウンターのストゥールに押しつけられる。

「稲積さん……」

「あいつと話していたこと、全部教えてください。あいつは何を言ってましたか。うちの組のこと、何か言ってましたか」

「組の、こと？」

「卯月さんのことを話してましたか」

「――話してない。組のことも、卯月のことも」

純耶は首を左右に振る。

「そんな、近江さんがなんでそんな話を俺にするわけですか。だって、近江さんは関係のない人なのに……」

「大ありです！」

純耶の疑問に答えるべく、稲積は断言する。ぎりぎりと、肩を摑む指先に力が籠ってくる。

「あの近江って男はですね……っ」

「落ち着きなさい、稲積」

穏やかな口調ながら、聞いている者に威圧感を与えるのに十分な無機質な低音に、純耶は顔を上げる。

細い銀縁の眼鏡をかけた、一見するとエリートサラリーマンにも思えなくない、すらりとして精悍な顔つきの岩槻総一が、扉の前に立っていた。

しかし男の瞳を凝視した瞬間、決して荒々しくはないものの、燻る炎があるのを知れば普通の世界の人間でないことがわかる。

毅然とした、嫌味なほどに落ち着き払った態度は、修羅場《しゅらば》をくぐり抜けた男だからこそのものなのだろう。

「何もご存知ない澤さんに八つ当たりしてもしょうがないだろう？」

純耶を摑んでいた稲積の腕を引きはがす。

「岩槻さん……」

細いストライプの織りの入った濃紺のスーツ姿は普段と同じだが、その左の袖には腕が通っていない。

胸元で、白い包帯に覆われた状態で、肩から吊られていた。

あまりの痛々しさに、純耶は眉を顰める。

「腕、大丈夫ですか?」

「ご心配いただいてすみません。大した傷じゃないんですが、医者が大袈裟なだけです」

「そんなことねえですから」

岩槻の言葉を間髪入れず、稲積が否定する。

「入院しねえと駄目なところ、無理やり医者を脅して退院してんです。強情っていうかなんていうか、腕の一本や二本、腐らせねえと懲りないんです」

「二本しかない腕を腐らせるほど、私は愚かではない」

「当たりめえだ。自分が、本気でそんなこと言うわけねえだろうが」

いずれの男も卯月の大切な側近の部下だが、こうして二人並ぶとまったくタイプが違う。

「岩槻さんは、どうしてここに?　俺は卯月と待ち合わせをしていたはずですが……」

「申し訳ありません。卯月様はおいでになりません」

「どうしてですか?」

どきんと、心臓が大きく鼓動する。

「今頃は、澤さんをお迎えに西麻布へ向かっているはずです」

「——それは、どういうことですか」

小さく息を呑む。

「卯月さんと一緒にではなく、澤さんだけに用があって、稲積に嘘の伝言をさせました」

瞬間的に稲積に視線を向けると、さりげなく顔を横に背《そむ》けられる。

蘇ってくる記憶がある。

九年前、純耶と引きはがされた夏の夜。

あのときも、卯月の代わりに訪れたのは、この男だったのだ。

「警戒なさらないでください。直接、澤さんと卯月様を引きはがそうとしてのことではございません」

「間接的に、引きはがされる可能性はあるということですね？」

あのときのように、何もかも言いくるめられる子どもではない。岩槻の言葉の裏に潜む意味を、しっかりと汲み取る。

「――可能性ということで言うのならば、ゼロではありません。ですが、すべては澤さん次第だと思います」

「回りくどい言い方はせず、はっきり言ってください。卯月に内緒で、俺になんの用があるんですか？」

覚悟はある。

腹も据わっている。

自分の今、何より優先すべきことは、ただひとつ。卯月とともに生きることだ。そのためには、どんな試練にも耐えてみせる。

「会ってほしい方がいます」

「誰ですか」

「小早川正三《しょうぞう》——関東連合興隆会の現会長。つまり、卯月様のお父様です」

岩槻がはっきりとその名前を紡いだ瞬間、純耶の背中を、ひやりと冷たいものが流れていった。

「小早川会長、そしてうちの組のことを、澤さんはどの程度ご存知ですか?」

新宿通りにつけていた黒塗りのセンチュリーの後部座席に乗り込んですぐ、岩槻は純耶に聞いてきた。

小早川正三――関東最大の暴力団組織である、関東連合興隆会の会長であり、卯月の父親でもある。年は五十代半ばで、恰幅《かっぷく》のいい堂々とした男だという印象がある。

純耶は一度だけ、顔を見たことがある。新宿にある高級鉄板焼き『山海亭』で、たまたま出くわしたのだ。

しゃがれているものの、メリハリのきいた強い声と、ぎろりとした強い瞳が、今もはっきり記憶にある。

だが、それだけだ。

「たぶん新聞やテレビのニュースで知れる程度の情報で知っている、他の人たちとなんら変わらないと思います」

だから正直に打ち明ける。

「では、実際会長に会われる前に、私の方から少しお話しいたしましょう」

そう前置きしてから、岩槻は丁寧に、組の成り立ちについての説明を始める。

純耶は正直、どうしてこの時期に、卯月の父親が自分に会いたがっているのか疑問に思った。だが、岩槻が怪我を押してまで自分のところに来た以上、重大な理由があるはずなのだ。だから、とにかく話を聞くことにした。

「元々興隆会は、関東連合の中のひとつの組に過ぎませんでした。卯月様のお父上、正三氏が組長になったときから勢力を強め、内部分裂を起こしていた隙に、大胆かつ斬新《ざんしん》な発想と、その類《たぐ》い希《まれ》なる行動力によりトップの座を手に入れられたのです」

左手の包帯がふと目に入って、微かに胸が痛くなる。

「しかし、会長はそこでとどまったりする男ではありませんでした。懐が深く義理人情に篤い昔気質のところを持つ反面、頭の回転が速く、経営に関する能力は見事なものでした。さらに先見の明もあり、暴力団対策法が施行される前に組を会社の形に変更し、関東全体の横の繋がりを強固なものへと変えていき、さらにはクスリには絶対手を出さないという方針を打ち出しました」

娯楽産業を主に、新宿歌舞伎町のみならず、今では六本木を取り仕切り、銀座、赤坂、新橋、神楽坂といった花街とも繋がりは深い。

新しい物だけではなく、古き良き文化や伝統も、大切にする。それゆえ、古い重鎮ヤクザからも一目置かれている一方、新興勢力タイプの暴力団関係者からは、煙たい存在と思われがちだったらしい。

　何しろクスリにはまったく手を出さないことが、彼らの気に障ったらしい。何度か話し合いを繰り返し、表向きは納得したはずだった。

　しかし、芯の部分まで納得したわけではなかった。結局そのことが原因となり、実際に小早川は右腕だった男である橋口を、失っている。

「澤さんもご存知ですが、会長を庇って命を失った橋口は、会長よりも三歳年上で、私が会長に世話になったように、会長の父親に面倒を見てもらったそうです。会長が今の地位に上り詰める間に、橋口の果たした役割は大きいです。仁義を大切にしながらも、変化していく時代の中で、凝り固まった考え方では生きていけない。それがわかっていたため、会長が会社組織をとることに率先して賛成し、全面的なバックアップをしました」

　岩槻の話が橋口のことになった瞬間、助手席に座る稲積が、小さく息を吐いた。ルームミラー越しに見える稲積の眉間には、何かに堪えるように深い皺が刻まれている。

　稲積は殺された橋口を、オヤジと慕っていた。そして相手に復讐しようとして、失敗した。

「会長は、息子である卯月様にも、同じように厳しく接しておりました」

　再び岩槻に視線を戻す。

「おわかりかと思いますが、卯月様は会長によく似て気性が荒く、こうと思ったことは絶対にやり遂げる我の強いところがあります。それゆえ、高校時代まではしょっちゅうぶつかっておりました。卯月様は会長のことを、人間として尊敬する部分は多少は持ちつつも、子どもらしく父親に甘えたことは一度もなく、親子の関係は非常に希薄だったと思います」

卯月の口からは、ほとんど家族の話は聞いたことがない。実家から出て西麻布で一人暮らしをしているのも、それが一因かもしれない。

「実際、ある時期まで――お二人がまともに会話された現場も目にしたことはございませんでした。教育係である私に対し、表立って会長のことを批判されることもしばしば、顔を合わせれば、互いを罵《ののし》り合うような状態でした。ですが――跡目の襲名披露をされてからというもの、会長の卯月様を見る目が変わりました」

跡目襲名披露という単語に、純耶は思わず拳を強く握り締める。九年経っていても、蘇るのは激しい胸の痛みだ。

高校三年のとき、純耶は一生分、人を愛した。きっと卯月も同じ気持ちだったはずだ。

卯月は跡目襲名披露を目前にした時期、すべてを捨てて、純耶と逃げるつもりでいた。純耶も逃げられるつもりでいた。互いさえいれば、他に何もいらなかった。

だが、思っていた以上に、卯月が背負っているものは大きかった。逃げても、すぐに追っ手に捕まる。逃げた事実は卯月に重くのし掛かり、組内部での立場も悪くなる。問題はおそらく、それだけでは済まされない。

高校生で、いわゆる普通の家庭に育つ純耶には想像もできないことが、卯月の周囲には数多く存在している。

卯月を愛していた。卯月に愛されていることもわかっていた。真っ直ぐで、熱くて、その熱さに憧れ惹かれながら、心の底のどこかで、きっと不安も覚えていた。

その熱が爆発したとき、自分には抱えられるのかどうか——自信がなかったのだ。

結局、純耶は卯月のためだという大義名分を翳《かざ》して、逃げ出したのだ。卯月の愛を、自分から手放した。

紆余曲折を経てもう一度卯月の手を握ることはできても、過去の裏切りまでは消えてなくならない。純耶自身、忘れてはならないと思っている。

裏切りを許してくれた卯月を二度と裏切らないため、そしてその卯月のために生きていくために、胸に刻みつけておかねばならない。

「年齢的な若さは否めません。が、かつてとは明らかに異なる責任感のようなものが、卯月様には備わっていました。他を圧倒するカリスマ性や、統率力、そして実行力は以前から類い希な才能として感じられておりましたが、組の末端にまで心を配れるようになったのは、大きな成長でした。が、あくまで未成年である卯月様に、将来組を背負わせると今の段階で、公に決めつけてしまうのは、組にとっても、また卯月様にとっても危険だ。そのような判断により、その段階ではあくまで跡目としての立場を披露したにすぎず、これまでもその立場を貫き通して参りました」

ようやく、稲積の言っていた話と繋がってくる。

「……卯月のお母さんという方はどういう人なんですか?」

「元々は他の組のお嬢さんでした。会長とは昔からの知り合いだったそうですが、ヤクザを毛嫌いされていらして、卯月様が中学生になった辺りから、別に暮らしていらっしゃいます。日本にいらっしゃらないことも長くなっております。会長ご自身にも何名かつき合いのある方がおいでになりますので、それも別居されている理由になるかと思います」

岩槻の言葉で、以前卯月の言っていた話を思い出した。確か一度だけ、赤坂にある料亭の女《おか》将《み》と父親の関係を口にしていたことがあったのだ。

「そちらの方々との間にも、お子様はおいでになりますが、男子は卯月様お一人です」

つけ足しのような言葉に、どう反応したら良いのかわからなかった。

「聞いていいですか?」

一通りの説明が終わったところで、純耶が質問する。

「なんでしょう?」

「なんで俺に会いたがっているんですか?」

岩槻の顔を見つめる。

「いつかは会うことがあるだろうと思っていましたし、会わなくてはならないとも思っていました。でも……俺から言うのではなく、卯月のお父さんから俺に、と言うからには、なんらかの理由があるんじゃないんですか？」

「……それは直接、会長からお話しされることです」

岩槻は珍しく僅かに躊躇いながらも、そう続ける。

「私は会長から、澤さんを連れてくるように命じられただけです。それ以上のことは、何も仰せつかっておりません。会長ご自身のこと、そして組のことについてご説明したのは、私の勝手な判断に過ぎません」

その後、岩槻は固く唇を閉ざし、車内には重苦しい沈黙が流れた。

興隆会会長であり、卯月の父親が自分に会う理由。どう考えたところで、ひとつしか思い浮かばない。

卯月は純耶の存在を、公にはしていないものの隠してはいない。ただの友達だと思っているとは、とうてい思えない。十中八九、自分と卯月の関係を知っているに違いないと思うのが正しいだろう。

だとしたら、卯月のいない場所に呼び出して、なんの話をしようとするのか。

咄嗟に頭に浮かぶのは、稲積の言っていた、見合いの件だ。稲積もかつて同じ理由を口実に、純耶に会いに来た。他でもない純耶が言えば、卯月が納得するに違いない、と。卯月を説得するのではなく、純耶に身を引くようにと言ってきたのだ。

果たして興隆会会長は、何をどう言うのか。

気づけば車は、神楽坂に到着していた。賑やかな繁華街から一本細い道に入ると、雰囲気が一変する。細い路地の多い場所で、ところどころ店の照明が灯っている。

その細い路地の前で車が停まり、背広姿の男たちがわらわらと走ってくる。

「お待ちしていました」

停車すると同時に後部座席のロックが解除され、ドアが開かれる。当然のように岩槻が降りるのを確認してから、純耶も急いで車を降りた。

「会長は?」

男たちに対する岩槻の様子は、先ほどまで純耶に見せていたものとは違う。空気がぴんと張り詰め、硬質な雰囲気が漂っていた。

「中で、岩槻さんがいらっしゃるのをお待ちです」

「そうか——澤さん」

「は、い……っ」

名前を呼ばれ、姿勢を正す。振り返った岩槻は、微かに眉を下げる。

「そんなに緊張されないでも平気です。案内しますので、いらしてください」

岩槻の、腕の通っていない背広の袖が、吹く風に微かに揺れる。純耶はその後ろ姿に、ぐっと腹に力を入れ、「はい」と返事をした。

石畳の続く路地を進むと、ひっそりとした佇《たたず》まいの格子戸が見えた。暗闇に白く浮き上がる看板には『本橋』という文字が見える。ガラガラと音を立てて扉を開くと、手水《ちょうず》があり、さらにもう一度格子戸があった。

「お待ちしておりました」

その扉を開くと、三和土《たたき》を上がった場所で、着物姿の落ち着いた物腰の女性が、二つ指をついて出迎えてくれる。

「会長は奥の間でお待ちでございます。お上がりくださいませ」

おそらく、女将か若女将か、そんな立場の女性なのだろう。岩槻と純耶の前をしずしずと歩き、廊下の奥に位置する部屋の襖《ふすま》の前で再び座り、そこを少しだけ開けると岩槻を振り返る。

岩槻もその場に膝を突き、頭を下げた。

「岩槻です。澤さんをお連れしました」

「ご苦労」

中から聞こえてくる声は、やけにしゃがれているが、凛《りん》として張りがある。一度だけ声を聞いたことはあるはずだが、この声が正三の声なのかと問われると記憶には薄い。だが間違いなく、待っているのは卯月の父親だ。

岩槻に視線で、中に入るよう促された瞬間、全身に緊張が走り抜ける。逃げ出したい衝動に駆られながら、敷居をまたぎ、顔を前へ向けた。

十二畳程度の広さの和室で、奥に位置する床の間を前にした上座に、純耶を呼び出した小早川正三は座っていた。

山海亭で一度見かけたときと同じ、渋茶色の着物と羽織り姿の男は、脇息《きょうそく》に腕を預けた格好で純耶を見つめていた。

まさに、威風堂々。

圧倒的な威厳と風格が、どっしりとした体格のせいだけではなく漂ってきていた。

顔立ちは、一目見て卯月の父親だとわかるほどには似ていない。だが、太い眉と印象的な強い光を放つ瞳は、彼を思い起こさせる。

その瞳が今、純耶のことを、値踏みするように頭のてっぺんから足の先まで見据えている。

何もかも見透かされるような、居心地の悪さを覚えながらも、痛いほどの視線の中、純耶はじっとそれに耐える。

「会長。澤純耶さんです。澤さん」

岩槻の声で、張り詰めていた空気が微かに緩む。

「突然に呼び出して申し訳ない」

男の口から発せられるしゃがれた低い声は、どことなく卯月の声に似ている。

「小早川正三だ」

「――初めてお目にかかります。澤純耶です。卯月さんには色々お世話になっていて……」

「堅苦しい挨拶は抜きにしよう」

純耶の挨拶を、正三は途中で遮る。

「突然に呼び出してすまなかった。卯月の友達という澤くんにぜひ会って話をしてみたくて、無理を言った。だから気楽に、一緒に酒でも飲みながら話でもしようじゃないか。……岩槻」

「はい」

岩槻が頭を下げる。

「女将に、始めてくれるように言ってくれ」

「かしこまりました」

「それから、お前もこの後、急ぎの用はねえだろうから、一緒に食っていけ」

「いえ、私は……」

「いいから、食っていけ」

拒みかけた岩槻に対する正三の口調が、明らかに変わる。それが岩槻にも伝わったのだろう。

「では、ありがたく頂戴いたします」

「そうしろ。澤くんもわしと二人じゃ、飯を食っても美味くないかもしれねえからな。澤くんも、そんなところで突っ立ってねえで、こちらに来い」

「は、い……」

どうしたらよいものかと咄嗟に岩槻に視線を向けると、微かに頷かれる。ここは言われるままに従うべきなのだろう。

　ちょうど正三の真正面に位置する席に腰を下ろす。テーブルは大きな木の年輪の浮き出た一枚板で作られているらしく、重厚かつどっしりとした印象がある。

「澤くんは、酒はイケルロか？」

「嗜《たしな》む程度には……」

「それはいいことだ。酒は人の心を豊かにして、余計な垣根を取り除く。まずは、美味い酒をきゅっと飲んでから、ゆっくり話をしようじゃねえか」

　そのタイミングで、白塗りに島田に結った着物姿の女性が酒を運んでくる。一目で彼女たちが芸者だとわかる。後ろ襟を大きく抜いているので、白塗りされた柔らかそうな背中が見える。

「どうぞ」

「あ、りがとうございます」

　歌舞伎町で出会った元上司である加島には、キャバクラには連れて行かれたものの、こういったお座敷で、芸者に酒を注がれるのは初めてだった。

　何をどうしたら良いのかわからず、全身が緊張に硬直してしまう。

「緊張しないでも平気だ。別にこいつらは、客を取って食ったりしねえからな」

　純耶の様子に気づいた正三が、大声で笑う。

「小早川社長がいらっしゃるから、緊張されてるんですよ。あたしたちのせいじゃありません。

ねえ、お客さん」

「え、ええ……まあ」

肯定したらいいのか否定したらいいのかわからず、曖昧に返すと、さらに正三はおかしそうに笑う。

「あの……」

「わしが笑っているのは気にするな。あんたみたいな普通の若者とこうして一緒に飯を食うこと自体久しぶりでな」

正三は、グラスに注がれた酒を一気に飲み干し、テーブルに置かれた料理に箸を伸ばし、豪快に口に運んでいく。

「あんたは卯月とは、どういうきっかけで知り合った？」

懐石のコースらしく、凝った皿に盛られた料理は、見た目にも美しく食べるのが申し訳ない気持ちにさせられる。それでも刺身を口に運ぶタイミングで、声をかけられる。

「きっかけ……ですか」

「銀行に勤めていたんだろう？　仕事の繋がりで会うわけはないだろうからな。あんたに会うまでは、奴のやっている店に客として来たのかと思っていたが、そういうタイプでもなさそうだ」

純耶の出方を見ているのか、それとも本当に「知らない」のか。

箸を持っていた手をゆっくり下ろし、正三の顔を見つめるが、その表情からは腹の底に隠しているだろう感情を読み取ることができない。

しばし悩み、純耶は正直に言うことにする。

「——高校のときの同級生です」

「高校の？」

それに対する正三の口調は、やけに驚いているように聞こえるが、本心か演技か。ちらりと岩槻に視線を向けるが、彼は眉ひとつ動かさない。すべては純耶の判断に任されているということか。

「あれと同い年なのか。とてもそうは見えなかったが……そうか、あんたもあの私立の……」

「違います」

純耶は正三の言葉を否定する。

「何が違うのかな？」

「俺と卯月が一緒だったのは、高三の数か月だけです」

「高三？」

純耶の言葉に、正三はようやく反応を示す。

「ってことは、あんたが東京の学校に転校してきて……」

「転校してきたのは卯月です」

きっぱりそう言った瞬間、正三は手にしていたグラスをテーブルに置いた。

ガツンという鈍い音とともに、重たい沈黙が部屋の中に訪れる。

それまでも純耶を見る正三の視線には、鈍く重たいものがあった。だが、純耶の発言を聞いてからの視線には、まとわりつくような執拗さと、心の奥底まで見透かすような鋭さが混ざっている。

背中に冷たい汗が流れ落ちるのがわかった。背中だけではない。全身に、嫌な汗をかいている。

純耶は膝頭を握り締め、ぐっと込み上げる感情を堪える。

いずれ必ず会わねばならなかった相手だ。そして必ず話をせねばならなかっただろう。だが、わかっていることとはいえ、込み上げる緊張を堪えることはできない。

しんと静まり返った空間の中、庭にある鹿威し《ししおど》の音が、やけに響いていた。

「まり乃。一曲何か、踊ってくれねえか」

「もちろんです。すぐに用意しますので、少々お待ちください」

お酌をしていた芸者の白塗りの女性は扇子を持って下座に立ち、もう一人の着物姿の女性は三味線を構えた。

ベンとバチで糸を弾きながら乗せられる唄に合わせ、優雅な舞いが始まる。指の先まで白塗りされた芸者の姿はなんとも艶《なま》めかしい。

着物の袂《たもと》と扇子を巧みに使い一曲舞い終えると、大きな音を立てて正三が拍手をする。慌てて純耶も手を叩いた。

「澤くん、どうだ？　こういう座敷は何度か来たことがあるのか」

「今回が初めてです」

「そうか。こういう場所に足を運ぶのも、いい勉強になる。人間として成長していくためには、自分のために金を使うことも大切だ」

踊り終えた芸者が戻ってきて、正三のグラスに酒を注ぐ。

「まり乃。ずいぶんとまた踊りの腕を上げたな」

「ありがとうございます。会長さんにそうおっしゃって頂けると、なんとも励みになります」

嬉しそうに応じるまり乃に、さりげなく正三は祝儀袋を渡す。中に何が入っているかは改めて尋ねなくてもわかる。まり乃もなんの躊躇もなしに「ありがとうございます」とそれを受け取って袂へ入れた。

「それで——卯月とは、その後も連絡を取っていたのか？」

そして突然に現実に引き戻される。

「夏を過ぎた時期に卯月が再び転校して以来、去年に再会するまで、一度も顔を合わせていませんでした」

「……ほう。それは卯月から連絡を取ってか？　それともあんたからか」

「どちらからも連絡は取っていません」

「それでなんで、再会なんてできんだ？　あんたは元々東京の人間ではなかっただろうに。卯月がいるだろう辺りをわざと歩いていたのか？」

「違います」

煽るような言い方に多少むっとして、否定する。

「偶然、再会しました」

卯月には極力会わないようにするため、志望大学も変更し、就職の際も東京には出ないようにしていた。その銀行が統廃合の結果、東京勤務になったのは、純耶のせいではない。互いを思う気持ちの強さをおもんぱかって、運命の神様が悪戯を仕掛けたとしか思えない。

「偶然——か」

純耶の口にした言葉を繰り返し、ふっと口の先で笑う。

「高校の同級生だったのなら、あんたはわしや卯月がどういう人間なのか、知っていたはずだろう？」

「はい」

「再会したとき、関わりを持たない方がいいとは、思わなかったのか？」

探るような口調に、純耶は小さく息を吸う。

「まるで思わなかったと言ったら——嘘になります」

「正直だな」

正三はグラスを芸者に差し向け、注ぎ入れられた酒に口をつける。だが純耶は箸を置いたまま、手は膝を握り締めていた。

続けて運ばれてくるお椀も、焼き物も、食べたいと思えなかった。

「でもそれ以上に、卯月は俺にとって大切な存在で……興隆会という組のことは知っていても、それで卯月から距離を置く理由にはなりませんでした」

何をどう言えば、自分の気持ちを相手にはっきりと伝えられるか、正直なところわからなかった。正三がなぜ自分を呼び寄せたのかもわからない以上、下手なことを言って機嫌を損ねたくはない。

それでも、自分にとって卯月が大切な存在であることだけは、どうしても伝えたかった。

「――あんたは今、高校生じゃねえ」

正三は着物の袂から取り出した煙草を銜え、それに火を点ける。すっと差し出される灰皿に、軽く灰を落とす。さらに酒を注ぎ足そうと伸びてくる白い手を避け、視線で部屋を辞去するように促したらしい。

芸者たちはそれぞれその場で三つ指を突き、ほとんど音を立てることなく部屋を出ていく。

少し遅れて岩槻も下がろうとするが、正三は手を横に振った。

「お前には証人になってもらう必要がある」

岩槻は無言のまま、深く頭を下げる。

「うちの組がどういう存在で、卯月がどういう立場にいるのかよくわかっている。それを前提に話をしよう。わしがあんたにわざわざここに来てもらったのには、理由がある。うすうすあんたも感じてることだろうとは思うがね」

指に力が籠る。

「事情がわかった上で卯月と友達でいてくれているのは、ありがてえことだと思う。貴重な存在だとも言えよう。だが、卯月のことを友人だと思うのなら余計に、ここらで手を切ってもらいたい」

ひやりと背筋が冷たくなる。

「どうしてですかと、理由を聞いてもいいですか」

震えそうになる声を必死に堪え、真正面に座る男を見つめる。

「理由は簡単なことだ。卯月は将来、うちの組を継ぐ。あいつに、いらぬ弱点を作りたくはねえ」

「弱点――ですか」

「卯月を友達だと思ってくれるのはありがてえことだ。が、しょせんは素人だ。あんたの存在が他の組に知られてみろ。あんたを人質に取って、卯月を脅迫することも可能になっちまうかもしれねえ」

「でも、俺はただの友達ですし……」

「ただの友達だろうがなんだろうが、卯月にとって弱点になるかならねえかが問題なんだ」

「それは……」

咄嗟に頭に浮かんだのは、稲積の件だった。稲積は組内部の人間だったが、純耶を盾に卯月にたてつこうとした。

「あんた知ってるかどうかはわからねえが、卯月は近々、名実ともに組の幹部となる。そうなった場合、他からの注目度も確実に高くなる。あいつの存在を、邪魔に思う存在も増えてくるかもしれねえ」

正三はゆっくり煙草の煙を吐き出す。

「元々久方組や他の組ともやり合ってる、きな臭い新宿歌舞伎町などの繁華街を巡る争いも、国内だけではとどまらない可能性も出てくる。どれだけわしが強い統率力を発揮しようとも、いつどこで火花が散るかもわからない状況下で、組をより強固な形にする必要がある。そんな中、あんたみてえな、ひどく曖昧な存在が卯月のそばにいることは、不安要素にしかならねえんだよ。わかるだろう?」

トントンと煙草を叩く指先のリズムに、純耶の気持ちが沈んでいく。

「卯月が名実ともに幹部になるというのは、もう決まりなんですか?」

「組の上層部の意見としては、決定事項だ。卯月がどう足掻《あが》こうとも、な。いずれにせよあいつは跡目の襲名をしている。今回のことは対外的な告知にすぎん。それは当人もわかっているはずだ」

「卯月は拒んでいるんですか？」

言葉の裏側をはっきり口にすると、正三はまだ長い煙草を灰皿にぐしゃりと押しつけた。

「──その理由に、自分の存在が絡んでいるとは、思わんか？」

「会長……っ」

「貴様は黙っていろ」

正三は開きかけた岩槻の口を、一言で制止する。

「ですが」

「わしが話しているのは貴様じゃない。澤くんだ」

岩槻に向けられる黒目には、先ほどまでは感じられなかった激しい炎のようなものが感じられる。

「卯月が拒んでいるのは、幹部就任だけじゃねえ。久方組から話のあった見合い話にも耳を貸しゃしねえ」

瞬間、純耶の心臓が大きく跳ね上がる。

「今すぐに結婚しろと思ってるわけじゃねえ。が、今回の見合いをするってことは要するに、組のためを思ってのことだ。つまり、組を背負う覚悟ができたってことにも繋がる。が、あいつは幹部にもならねえ、見合いもしねえ、でも組の面倒は見るって言っても、誰も納得しねえんだ。あんただって社会に出たことのある身なら、わかるだろう？　澤さん」

正三の言葉遣いが変わり、声色も変化してくる。あぐらをかいていた膝を立て、その上に肘を預け、身を乗り出してきた。

「俺にはよくわかりません。でも、卯月は卯月なりに、組のことは考えていると……」

「何も知らねえあんたに、言われてもなあ……」

肩を揺らして笑う。

「わしからすれば、あんたの存在も、普通の世界への未練にしか思えねえ。そう思う気持ちもわかるだろう？　あんたなら」

下から覗き込むような視線は、何もかも知っているのだと純耶に訴えている。

高校のとき、二人で逃げようとしたことも。二人がどういう関係なのかも。

「あいつももう大人だ。あんたもそうだ。二十歳をとうに過ぎて、家から出て生活してる。そんな相手に、子どもを諭すような説明はしたくねえ。大人なら、何をどうすべきかってのは、自分自身で判断できる。だからな、澤さん。あんたも自分がこの先何をどうすべきか、全部わかってるんじゃねえかってのを、今日は確認させてもらいたかったんだよ。それに大人だとは言っても、あんたにはご両親がいるだろう？」

「……はい」

「年老いた両親に、余計な心配なんざ、かけたくねえだろう?」

卯月が卯月である限り、そして純耶が純耶である限り、こういった場面に遭遇することはわかっていた。わかっていたのに、何ひとつ言い返すことのできない自分が、悔しくて情けない。

「まあ、今すぐ何をどうこうしろって言ってるわけじゃねえ」

俯いたまま何一つ発せない純耶の頭の上を、正三の言葉が過ぎていく。

「ただ、あんまり猶予がねえのも事実だ。そいつの腕を見れば、いつ誰んところに鉛の弾が飛んできてもおかしくねえ状態だ。わしはこれ以上、余計な血を流したくはねえ。そのためには、あいつの決断が必要だ」

岩槻の腕――何者かによって傷つけられた。それも、会長を守ってのこと。二人目の橋口にならないとは、絶対に言えなかった。この先、下手をすれば、もっと状況は深刻になる。

「とりあえず、あんたの話ならあいつは聞く耳を持っているらしいと岩槻から聞いた。わしは無理強いをするつもりはない。が、立場上、やむを得ない判断を下すことがないとも言えん。自分のこと、それから卯月のことを思うなら、よく考えてみてくれ」

正三はそう言うと、ぱんぱんと平手を打つ。それと同時に襖が開く。

「お呼びでしょうか」

図体の大きな男が二人、畳に額が着くほどに頭を下げて待っていた。

「話は終わった。帰ることにする。車を用意しろ」

「かしこまりました」

「あの……卯月のお父さん」

立ち上がる正三を、純耶は慌てて呼び止める。正三は僅かに驚いた様子で、純耶を振り返る。

「す、みません。他になんとお呼びすればいいのかわからなくて……」

会長と呼ぶには躊躇いがあった。小早川さんでは、違和感を覚える。

「――確かに、あいつの父親だが、そんな風に呼ばれたことはなかったな」

正三は特に気を悪くした様子もなく、ははと笑いながら、「なんだ」と応じてくる。

「今のお話、俺がいやだと言った場合、どうされるんですか」

「別にどうもせん」

あっさり正三は応じる。

「わしは別に、君に命令したわけじゃない。ただ、状況を説明した上で、警告しただけの話だ。あとは、可能なら頼んだ、程度のもんだな。最終的に決断するのはわしじゃない。卯月であり、あんただ」

「俺は……っ」

「あんたが女だったら、話は簡単だったかもしれねえな」

純耶ははっと息を呑む。

「高校んときと違って、無理やり引き剥がしたところで、てめえ自身で納得してなければ、どうにもならねえ話だろう?」

やはり正三は、すべてわかった上で、純耶に話をしていたのだ。純耶はぐっと息を呑む。

「もし何かわしに話があれば、岩槻に言えばいい。岩槻、澤さんには食事をしてもらった後、大和郷の家まで送り届けてやってくれ。今頃あいつが、指を銜えて澤さんの帰ってくるのを待っている頃だ」

「かしこまりました。会長はこの後は……」

「野暮なことを聞くんじゃねえよ」

正三はにやりと笑い、余裕の態度で部屋を出ていく。

残された純耶は、項垂《うなだ》れたまま、それ以上何も言うことができなかった。

5

大和郷――かつて最大の屋敷街のあった文京区、豊島区に跨る《またがる》一帯を、そう呼ぶらしい。いわゆる古い高級住宅街に、小早川の本家はあった。

それこそ、神楽坂の料亭が安っぽく思えるほどの堂々とした門構えと柱には、確かに『小早川』の表札がある。

遠隔操作により門が開き、建物までの通路を抜けると、ようやく母屋が見えてくる。

予想していた純和風建築ではなく、現代的で直線を多用した、シンプルな外観の建物で、エントランスの前に設けられた車寄せ部分には、迎えの人間が立っていた。

「あ……」

上背のあるすらりとして均整のとれた体つきの男の姿を目にした瞬間、体中の血液が沸騰するような感覚を覚える。

バーで会えなかった。その後、訳のわからないままに卯月の父親に会い、ようやく卯月当人に会える。

停車した車から降りようとした純耶をよそに、卯月は反対側のドアを外から開いた。

「卯月様……」

名前を呼んだときにはもう、卯月は岩槻の胸倉を掴んで外に引きずり出していた。

「卯月、何を……」

驚いて声を上げるのとほぼ同時に、振り上げた卯月の拳が岩槻の頬を殴っていた。

「……う……っ」

元々片方の手を使えない岩槻の体は、なんの抵抗もなく地面に倒れ伏す。しかしそれで卯月は終わりにするつもりはなかったらしい。さらに岩槻の髪を掴んで顔を上向きにさせる。

「卯月……」

「てめえ、いつの間にあのクソ親父の犬に成り下がった」

卯月の言葉に、無抵抗の岩槻は静かに返す。

「私は興隆会の人間です」

「……くそ……っ」

「やめろ、卯月」

再び振り上げられた腕に、純耶は慌てて背後からしがみつく。

「放せ、純耶。お前には関係ねえ」

「駄目だ。放したら、岩槻さんのことを殴るつもりだろう?」

「当たり前だ。こいつは俺に嘘を吐きやがった。お前だって、こいつと稲積の野郎に騙されて、クソ親父に会ってきたんだろうが」

「違う」

　純耶は慌てて否定する。

「——違う、だと？」

　卯月の怒りの矛先が、今度は純耶に向けられる。細身のジーンズにTシャツ、さらにシャツを羽織っただけのラフな格好で、前髪は額に全部下りている。こんな姿でいながら、純耶を睨みつける瞳だけは、ぎらぎらと鈍い光を放っている。

　本気で卯月は怒っている。燃えさかる炎のように熱く、激しく。

　相手が純耶であろうとも容赦はしない。

「——俺が、頼んだんだ」

「何を」

「卯月のお父さんに会いたいって」

「澤さん……っ」

　やっとのことで立ち上がった岩槻が、驚きの声を上げる。

「お前が？」

「そう。俺が卯月のお父さんに会いたいから、岩槻さんと稲積さんに頼んで、会わせてもらったんだ」

「なんで、あのクソ親父なんかに……」

「卯月の父親だから」

「ふざけんな」

純耶が摑んでいた手を、卯月は思い切り振り払う。

「俺の親父に会うのに、なんで俺に黙って会う必要がある」

「じゃあ、聞くけど、俺が会いたいと言ったら会わせてくれた？」

「会わせるわけねえ」

間髪入れずに否定されて、純耶は思わず苦笑する。

「卯月はそう言うだろうと思ったから、黙ってたんだ――ですよね、岩槻さん」

「澤、さ……ん……」

強引に相槌を求めるが、さすがに岩槻はそれで話を合わせたりはしない。

「どうせ吐くなら、もっと上手い嘘を吐け」

「そうじゃない。岩槻さんは、俺が黙っていてくれと頼んだから、すぐに同意できないだけなんだ。だから……」

「いい加減、黙れ」

必死に言い訳する純耶の口を、大きな手が覆い隠す。

「卯――」

「岩槻」

「――はい」

岩槻を見つめる卯月の瞳には、穏やかさが戻っていた。

「このばかに免じて、とりあえずは不問にしてやる。が、今度同じことをしやがったら、いくらてめえでも許さねえ。稲積も同じだ」

「はい……」

「すいません、卯月さん」

運転席から降りていた稲積は、その場で直立不動の姿勢を取った。

「それで、くそ親父は？」

「おそらく赤坂の方へ行かれているかと――」

「……ったく、あいつは、この状況がわかってんのか」

小さく舌打ちしたあとで、卯月は岩槻に向かって空いている方の手を伸ばす。

「腕は平気か」

殴っておきながら、腕を心配するその矛盾した行動こそ、卯月という人間をよく表している気がする。

「ご心配頂くほどのことではございません。そうされて当然のことを私はいたしました」

眼鏡のブリッジを押し上げながら、岩槻は応じる。その言葉に卯月は小さなため息を漏らす。

「――とりあえず話は明日にする。稲積も、逃げんじゃねえぞ」

吐き捨てるようにそう言い残すと、純耶の体を肩に担ぎ上げ、そのまま家の中へ進む。

「う、卯月……何を」

「てめえは大人しくしてろ」

抗《あらが》う腕を摑み、慣れた様子で階段を上がっていく。

「人が心配してれば、一発でばれるような嘘なんてつきやがって……何考えてんだ、お前は」

「嘘なんて、俺は……」

「誤魔化そうったって無駄だ。お前が庇うと庇った分、岩槻は自責の念に駆られるぞ」

「――……っ」

卯月の指摘に、純耶は思わず息を呑む。

咄嗟に、良かれと思って吐いた嘘で、逆に岩槻を悪い立場にするとは思ってもいなかった。岩槻だけではない。稲積も同罪だとしたら、どうしたらいいのか。

「あの、卯月」

卯月は怒っている。その気持ちがわからないわけではない。逆の立場なら、きっと同じように怒るだろうと思う。

何が起きているか、何を話している状況かもわからない中、じっと待つことしかできない。それで戻ってきてみれば、真実を明かすこともないのだ。

怒って当然かもしれない。

でも純耶には純耶で、理由があった。

「俺は……」

「余計なことはこれ以上ぬかすな」

なんとか弁解しようとしても、聞いてもらえない。

「お願いだ。俺の話を聞いてくれないか」

「黙ってろって言ってるだろう！」

卯月は強い口調で言い放つと、乱暴に二階の奥に位置する扉を開く。

生活感のない軽く十五畳はあろうかという部屋には、モノトーンで統一されたシックな家具が備えられていた。窓際に据えられたキングサイズのベッドも、落ち着いた色合いのシーツに覆われている。

「ここは……」

「俺の部屋だ。ほとんど使っちゃいねえがな」

問いに答えた卯月は、肩にあった純耶の体を、実に無造作にそのベッドの上に落とす。

「うわ……」

心地よいスプリングに沈む体の上に、さらに重たい物がのし掛かってくる。

上着をあっさり脱がされ、両手をシーツの上に縫いつけられ、開きかけた唇を火傷しそうに熱いものに封じられる。

「ふ……う、ん……っ」

息をするのも苦しいほどの口づけは、これまでにした卯月のキスの中でも、激しかった。

吸い上げる力は舌がちぎれそうなほどに強く、抗おうとする動きを封じる腕の力は、骨が軋むほどだ。

膝を立て逃れようとしても、許されるわけもない。顔を左右に振ってもすぐに追いかけてきて、息継ぎができないほどに貪られる。

「ん……っ」

両手を頭の上で左手一本で捕まえられ、両足は卯月の足に挟まれる格好となる。自由になる右の手は、ウエスト部分から引き出したシャツの裾から滑り込み、胸の位置にまで移動していた。

微かに伸びた爪が、突起部分を弾いてくる。

愛撫という優しいものではない。純耶を追い立てるように強さでもって、一気に快楽の極みまで連れていこうとする。

「や、め……卯月……んんっ」

抵抗しようとしても、慣らされた体は卯月の手の動きにより熱を帯びてしまう。だが、このまま流されてしまったら、駄目だと思った。

「あのクソ親父に何を言われたかは知らねえが、お前は俺のことだけを信じていればいい」

露になった鎖骨に、卯月が齧《かじ》り付いてくる。薄い皮膚を切り裂き、滲み出る血を吸い上げる姿は、飢えた吸血鬼のようだった。

卯月の必死な姿に、胸が締めつけられるように痛くなる。

自分のことだけでなく、純耶のことも、組のこともすべて一人の肩に背負おうとしている。

「信じてるよ、卯月」

巧みな指に煽られながら、懸命に意識を引き戻す。

「信じてるからこそ……俺の話を、聞いてもらいたい」

頭の上で動きを封じられていた手を振り払い、卯月の頬にその手を添える。不機嫌そうな視線を純耶に注ぐ卯月は、唇を噛み締めて愛撫を止める。

「てめえは、俺を怒らせたいのか」

「違う」

「さっきだってそうだ。てめえが自分から、あのクソ親父に会いに行くわけがねえ。それなのに嘘まで吐いて岩槻の奴を庇おうとした」

細い純耶の肩を掴み、痛いほどに力を入れてくる。

「痛い、よ……卯月……」

「痛くしてんだから、当たり前だ」

前後に強く体を揺らされる。

「お前が西麻布に行ってるって言われて、急いで戻ってみたら、もぬけの殻だ。何かあったのかと思っていたら、岩槻の奴から電話が入って、クソ親父に呼び出されたという……そのときの俺の気持ちがてめえにわかるか?」

「だから、それは……」

「忘れたわけじゃねえだろうな。あいつらが九年前に俺たちにしたことを」

卯月の眉間に深い皺が刻まれ、苦しげに表情が歪む。

九年前——二人で逃げようとしていた純耶に、身を引くように言ってきたのは岩槻だった。

いわば卯月は、教育係であり、世話係であり、誰よりも信頼していた男二人に、裏切られた格好になった。

それが自分のためだとわかっているからこそ、悔しく、歯がゆかったに違いない。

九年経ってなお、あのときのことは、卯月の心の底に深い傷を残している。

それは純耶も同じだ。

理由はどうであれ、裏切った事実に変わりはない。常にその後ろめたさは、純耶の心の底にある。

あの辛さはもう味わいたくない。だからこそ、こうして一緒にいるのだから。

「卯月……」

「——俺はもう二度と、お前を放さねえし、放したりしねえ。何があろうと、だ」

苦しげに言葉が紡がれる。

その言葉が嘘ではないことは、誰より純耶が知っている。迷い、ぶつかりながら、二人で出した結論なのだ。

二度と離れたりしない。それはお互いの中で、一致している。

「それを、忘れたのか」

「忘れたりなんてしない」

解放された手を、卯月の頬へ伸ばす。微かに顎に浮かぶ無精髭の感触を掌で味わいながら、小さく頭を左右に振る。

「忘れたりなんてしていない。だから……俺は卯月のお父さんに会って話をしてきた」

「何を言われた。あいつに」

腕を引き寄せられ、その場に起き上がらされる。そのまま卯月の胸に引き寄せられ、痛いほどに抱き締められる。

押さえつけられた頬に、卯月の心臓の鼓動が伝わってくる。全力疾走でもしたかのように、強く速い鼓動は、卯月の命の強さの証明でもある。

熱く、烈《はげ》しい男。

「何か唆《そその》かされたんじゃねえのか」

「卯月は俺が、何を言われたと思ってる？」

純耶は、そっと卯月の胸を押し返し、顔を上向きにした。そして真正面から卯月を見つめ、逆に質問する。

「質問してんのは俺だ」

「わかってる。でも、俺は卯月に聞きたいんだ」

荒い語調に怯むことなく、純耶は冷静に対応する。

「俺を怒らせてえのか」

「そうじゃない。俺は卯月のことを知りたいだけなんだ」

「俺のこと?」

卯月の表情に一瞬の躊躇いが生まれる。

微かに伏せられた瞼が震え、瞳に映し出される純耶の表情が揺れる。

目尻から頬、それから真っ直ぐな鼻梁《びりょう》に向かって手を添える。

卯月の顔の造作を目だけでなく掌で味わいながら、確認していく。

「俺の何を知りたいって言うんだ」

純耶にされるがまま、卯月は我慢している。

「俺はお前に、隠してることなんてねえ」

「それは嘘だ」

「――純耶」

「隠してることはないかもしれない。でも、話していないことはあるだろう？」

純耶の柔らかな追及に、卯月は微かに眉を動かした。

「……お前が知る必要のないことばかりだ」

「どうして」

苦しげに舌打ちしたあと、告げられる言葉を、純耶はそのまま流したりはしなかった。

「どうしてもだ。お前は組とは関係ねえ。だから、そっちのことまで知る必要はねえ」

腹立たしさを必死で堪えているのだろう。乱暴に言い放った卯月は、微かに呼吸を荒くした。

「——どうして」

納得ができなくて、同じ疑問を投げかける。

「だから、どうしてもこうしてもねえって言っただろう？　お前はヤクザじゃねえだろう」

卯月の言葉が、純耶の胸の奥深くまで染みてくる。

そうだ。わかっている。卯月がどれほど純耶のことを考え、思ってくれているか。だからこその気遣いなのだとわかっていても、それで済む状況ではなくなっている。

「そうだね……。でも、卯月。俺は卯月と一緒に生きていくと決めたんだよ」

「知ってる」

「そのために、俺は仕事を辞めた」

「それがなんだ」

卯月は顔に触れる純耶の手を払い、細い手首を摑んでくる。

「だからって、てめえがヤクザになるってこととは違うだろう。お前が俺と一緒に生きていくことと、組のこととは関係ねえ」

「関係なくなんてないよ」

凄まれても、怖くない。

「卯月がどれだけ、俺と興隆会は関係ないと言い張っても、周囲はそうは見てくれない。稲積さんのことを例に挙げてもそうだろう?」

「あれは稲積の奴が早とちりしただけで……」

「早とちりだったかもしれない。でも、これから先、同じような行動に出ない人がいないともいえない。卯月が表に立つようになれば余計に」

「……聞いたのか」

はっと卯月は息を吞む。

「クソ親父はお前に何を話した」

「何も」

「嘘言うんじゃやねえ。何も聞いてねえなら、俺が表に立つのどうのって話をするわけがねえだろうが」

苛立ったように、卯月の語調が荒くなる。

「俺は卯月のことは、卯月自身から聞きたい。卯月から聞いたこと以外は信じない」

「な……っ」

「他の人から聞いた話は、聞いていないも同然なんだ。だから、卯月の口から、話をしてもらいたい。卯月のことで知らないことがあるのは嫌なんだ」

純耶は、心の奥底にある言葉を口にする。

「……純耶」

「卯月が俺のことを気遣って、組のことから遠ざけようとしてくれているのはわかっている。関係ないと言うのも、俺のためを思ってのことだというのもわかってる。でも……もう、そういうことを言っていられない状況だ。俺の存在が、卯月を危うくする可能性があるのも、嫌というほどわかってる」

「そんなことはねえ」

簡単には、卯月は納得したりしない。

「だったらなんで、卯月は俺を、西麻布のマンションに誘うようになった？」

「そ、れは、お前といつも一緒にいたいからに決まっている」

半ば自棄のように告げられる理由に、なんだか気恥ずかしい気持ちになる。

「……なんだよ、赤くなってんじゃやねえ」

「しょうがないじゃないか。卯月が真っ赤になるから」

気恥ずかしいのは卯月も同じだったらしい。照れ隠しのように、純耶から視線を逸らす。

「――その気持ちが嘘だと思ってるわけじゃない。でも、それだけじゃないだろう?」

「他にどんな理由があるって言うんだ」

「俺を守るため――だろう?」

そっぽを向いたままの卯月に、純耶はそっと告げる。もちろん卯月はその言葉に対し、なんら反応したりはしない。普段は憎らしいほどの無表情を決め込むのだ。

「今回の岩槻さんの怪我……違うね、この間の橋口さんが殺された後から少しずつ、他の組と興隆会の関係が悪くなっているのは知っている。抗争を激化させないために、卯月が奔走していたのも知っている。岩槻さんと稲積さんから、今の状況も教えてもらった」

「あいつら……っ」

ぎりぎりと卯月は奥歯を噛み締める。

「でも、卯月が実際、何をどう思っているかなんて、卯月しか知らない。だから――教えてほしい。卯月の口から」

揺らがない決意を、はっきりとした言葉と口調で卯月に伝える。卯月はそんな純耶の顔を横目でちらりと眺め、苛々した様子で髪を乱暴にかき上げると、大きなため息を漏らした。

「――何をどう話しゃいいのかわからねえが……久方組との抗争は知ってるな?」

「うん……」

諦めたのか開き直ったのか、卯月の始める話に、純耶は頷きで応じる。そして卯月は、岩槻と稲積が説明してくれたことのほとんどを、自分の言葉で伝えてくれる。

表向き上手く行きかけたはずの、久方組との関連で、再び揉め始めていること。

興隆会の権威を他に見せつけるために、卯月に幹部就任の話があること。久方組に対しては、いまだ組内部で燻りがあるところに、父親が狙われ、岩槻が怪我を負ったこと――そしてもうひとつ。

久方組の仲介で、関西の正道塾の娘との、見合い話が出ていることも明かした。

「言っておくが、見合いの話についちゃ、昨日聞いたばかりだ。それもクソ親父が勝手に進めているだけだ。前んときにあった見合いも断ってるのに、あの鳥頭はまともに人の話を聞いちゃいねえ」

卯月は憤慨した態度を見せる。

「お前が親父に呼び出しを食らったのも、その辺りの話をするためなんだろう?」

「――どうかな」

曖昧に誤魔化そうとすると、卯月は眉を上げる。

「てめえ、この期に及んで、まだ誤魔化す気か」

「そう言う訳じゃない。ただ」

「ただ?」

「お父さんのおっしゃったことが、あながち脅しじゃないんだな……と思って」

「……おい」

純耶の言葉に、卯月が慌てる。腕を摑まれ体を引き寄せられる。

「まさか、俺から離れるつもりじゃ……」

「誰に何を言われても、それだけは絶対ない」

純耶は思わず苦笑を漏らす。血相を変えた卯月の表情が自分の発言のせいだと思うと、嬉しくなってしまう。

「だったら、何が脅しじゃねえと思ったんだ？」

卯月はほんの少し安堵の息を漏らしながらも、純耶に確認してくる。

「――俺という存在が、今のままでは、卯月の弱点にしかならないということ」

「そんなことはねえ」

間髪入れず、卯月はそれを否定して、純耶の体を抱き締める。

「卯月……」

「お前がいるから、俺は強くなった。お前のために、俺は今までやってきたんだ。弱点なんかじゃねえ」

苦しいほどの腕の力と再び聞こえてくる卯月の鼓動が、純耶を熱くする。この温もりに、包まれていたいと思わないわけではない。だが、守られるだけの立場は嫌なのだ。

「そう言ってくれるのは嬉しい。でもね、卯月。冷静に考えてもらいたい。卯月がこの先組の幹部になって、どこかの組との抗争が起きたとしようよ。そんなときに俺が相手に人質に取られて、命と引き替えに組を差し出せと言われたら、どうする？」

「そんなの、決まってる。純耶の命を優先する」

なんの躊躇もない言葉に、喜ばなかったと言ったら嘘だ。でも。

「それじゃ、駄目だ」

「何が駄目なんだ。俺はお前以上に大切なものなんてねえ。お前が助かるなら、俺は自分の命だって惜しくねえ。いざとなれば、俺以外の奴が組を守る。でも純耶を守るのは俺だけだ」

「そう思ってくれるのは嬉しいよ。でもそうしたら卯月を思ってくれている組の人たちはどうなる？　卯月のお父さんを庇って死んでしまった橋口さんや、他にも命を落とした人がたくさんいるだろう？　組を守るため、卯月を守るため――俺たちだって、そうだ。九年前、俺たちが別れたのは、組のためだ」

「そんな昔のことをほじくり返すんじゃねえ」

「昔のことじゃない。たかだか九年前だ」

純耶が声を荒げると、卯月ははっと息を呑む。

「――今はこうして再び会うことができた。でも、ボタンをひとつかけ違えていたら、二度と会えなかったかもしれない。俺たちはあのとき、他に替えのきくもののために、別れたわけじやないだろう?」

「だったら俺にどうしろって言うんだ」

今度は、卯月が怒鳴る番だった。

苦しげに表情を歪める卯月は純耶の体をきつくきつく抱き締め、肩口に額を押しつけてくる。

「お前の命を捨てて、組を取れって言うのか? そして俺はお前を犠牲にした自分を許すこともできず、お前を犠牲にして残った組を守って生きていかなくちゃならねえのか?」

喉を振り絞るようにして告げられる声が、苦しいほどに震える。そんな卯月の背中にそっと純耶は腕を回す。

「初めて俺は、自分が女だったら、良かったと思った」

卯月の父親が最後に口にした言葉が、今も耳にこびりついて離れない。

「なんでそんなことを言う」

「女だったら、卯月と結婚して、卯月を守っていける。卯月も自分を、他の目を気にすることなく守る立場にいられる」

「――ばからしい」

純耶の体を引きはがし、卯月は舌打ちする。

「女だからって、必ずしも守って守られての関係じゃねえ。それは前にも言ったはずだ。俺のお袋なんかいい例だ。親父に金を出させて、海外をほっつき歩いてる。親父はおそらく、あの女を人質に取られたところで、なんの躊躇もなしに見捨てるに決まってる」

母親のことを語っているとは思えない口調に、純耶は何も言えなくなる。

「言っておくが、俺はおまえがお前だから、好きになった。だから女だったらなんて、ばかなことを考えるな。男だろうと女だろうと、関係ねえ。俺は澤純耶っていう人間が欲しいんだ」

腕を掴まれ、再びベッドに押し倒され、大きく開いたままの胸元に歯を立てられる。

「卯月……っ」

「てめえの体に、俺がどれだけお前っていう存在を必要としているか、直接教えてやる」

そう言いながら、乱暴にベルトを外し、ズボンを足から引き抜いていく。

「待ってくれ」

話し足りない。純耶にはまだ、卯月に確認しなければならないことがある。

「もう十分話しただろう」

「まだ聞きたいことがある。幹部に就任するって……」

「後にしろ」

「あ…っ」

卯月は下着の上から、乱暴に下肢を握ってきた。さらにもう一方の手で卯月のシャツの前を開き、掌全体で胸をまさぐる。

「卯月、やめてくれ。話を……」

「嘘を言うな。こっちはやめてとは言ってないぜ?」

笑いながら、卯月は掌で握り締めたものの先端を、指で抉ってくる。

「ん……っ」

「話ならいくらでも後で聞いてやる。だから今は俺の言うことを聞け」

敏感な部分を擦られると、それだけで濁流が駆け抜けていきそうになる。必死に堪えようと卯月の手を剥がそうとするが、逆に手を掴まれてしまう。

「ほら、みろ。なんなら、自分の手で確かめてみるか?」

意地悪なことを耳元で囁きながら、卯月は純耶の手ごと、下肢を刺激してきた。

指先を使い、爪で軽く引っ掻き、浮き上がった脈をなぞっていく。微妙な力の入れ具合ともどかしいほどの感覚に、全身が総毛立ち、体が疼き出す。

一度口を開いたら、何を言うかわからない。

だから必死に唇を噛み締め、溢れそうになる感情を堪える。

そんな抵抗を卯月は当然知っていて、さらに煽るように耳殻を噛み、舌を差し入れてくる。

「……っ」

瞬間、ぞわりとした感覚が、体中に広がって、これ以上ないほど下肢を熱くする。

「この程度のことで、もうこんなに濡らしているじゃねえか」

手の中で大きく疼き、先端から溢れ出した蜜を、卯月は指ですくい、後ろの狭間に塗り込んでくる。強引な愛撫は、余計なことを言おうとする純耶の口を封じるためもあるのか。

「や……めっ」

ひやりとした感触と、狭い場所を押し開こうとする違和感に、体が竦《すく》み上がる。咄嗟に逃げようとするが、卯月はそれを許すことなく、さらに奥に指を進ませた。

「なあ、わかるだろう、純耶。女相手にセックスしたって、こんな快感は得られねえ。俺以外の男とでも、同じだ。俺でなければ、お前をこれだけ良くしてやれねえ。俺だけが、お前のいいところを全部知ってる」

「う……っ」

二本に増やされた指が、中で開かれ、熱いところを爪で引っ掻かれ、背中が弓なりに反り返った。

「今もそうだ。俺の指を銜えて、痛いほどに締めつけてくる」

「嫌、だ……卯月、指……動かすな……っ」

「俺は何もしてねえよ」

上擦った声を上げる純耶の顔を、卯月は笑いながら覗き込んでくる。前への愛撫も絶え間なく続けられ、二人の手は溢れ出したもので濡れていた。

「卯月……」

「――こんなにもはっきり、お前の体は俺を欲しがってる。俺も……お前が欲しくてしょうがねえ。俺にはお前しかいねえ。お前もそうだろう?」

卯月は高ぶった己のものを、純耶の下肢に押しあててくる。

「あ……つい……」

「そうだ。お前が欲しくてたまらなくて、こんなになってる。お前ん中にこれを叩き込んで、お前の中をぐちゃぐちゃに溶かして、溶けちまいたい」

「指、駄目……っ」

ぐっと奥まで押し入った指が、きゅっと窄《すぼ》まった場所を押し開くようにして、強引に引き抜かれていく。

「俺を拒むな」

半ば懇願するように、卯月は訴える。

その場所に、指より遥かに硬く熱いモノが押し当てられ、一気に挿入される。

「や、あ、ああ……っ」

既に熱く溶けていた周囲の肉が、摩擦でさらに溶け出していく。異物にまとわりつき、引きずられながら、快感を生み出すのだ。

「卯月……卯月……っ」

「俺は……お前しかいらねえ……お前さえそばにいてくれれば……何もいらねえ……」

うわごとのように何度も繰り返しながら、卯月は行き場のない怒りを発散するかのように、

純耶の体を貪り続けた。

6

「それで、終わりか」

不機嫌を形にしたような卯月は、低く地を這うような声で、岩槻と稲積に確認する。

ローテーブルを挟んだソファに座っていた二人は、強く頷いた。

「はい」

「終わりっす」

真剣そのものの表情をした彼らの返事のあと、さらに卯月は隣に座る純耶にも確認してくる。

「岩槻さんと稲積さんが言ったとおり。それ以上のことは言われていない」

「――ふざけんな」

明らかに苛々した口調で、卯月はまだ長い煙草を、乱暴に灰皿に押しつけた。さらにバンとテーブルを叩いた大きな音に、卯月を除く全員が姿勢を正す。

「それだけ言ってりゃ、十分だってわかんねえのか、てめえは」

「卯月……」

痛いほどに腕を摑まれて、純耶は抗議の声を上げる。

「卯月さん。澤さんにはなんの罪もありません。怒鳴られるべきは私たちで……」

「てめえらを庇った段階で、十分罪なんだ」

慌ててフォローしようとする岩槻を、卯月は一睨みで黙らせる。

再会を果たしてから二日を経ても、卯月の機嫌は直っていなかった。

小早川の本家に来てからというもの、今日まで純耶は必要最低限以外の理由で、部屋から出ることを許されなかった。所用で卯月が外出するときには、外から鍵をかけるのだ。

もちろん、それを黙って受け入れていたわけではない。ただ実のところこの二日間、純耶は一人で動ける状況にはなかった。

つまり卯月が部屋にいるときにはほとんどベッドの中に縛りつけられ、執拗なまでのセックスを強いられていた。

そして三日目の夕方になって、岩槻と稲積が二人して顔を揃え、本家にやってきた。理由は、先日の事情説明をするためと、今後のことについて話し合うためらしいが、主な理由は前者だ。

正直なところ、今こうして座っているのも、辛い状態だった。が、卯月にそれを知られるのが嫌で、必死に我慢していた。

卯月に対し苛立つ気持ちもある。が、それ以上に、もどかしい卯月の気持ちもわかる。二人して、互いを思うからこその袋小路にぶち当たっていた。

「――それで、あのクソ親父は、今後についてどうするつもりなんだ？」

卯月の父親は、純耶と顔を合わせて以降、一度も家に戻っていない。何度か卯月から連絡を取ろうと試みているのだが、まったく駄目だった。

「実は……」

卯月の問いかけに、岩槻が手帳を取り出した。

どうやら岩槻とは連絡がついているらしい。

純耶の入っていけない内容の話になったのがわかって、ゆっくり背中をソファの背もたれに預け、しばし目を閉じる。

この二日、ほとんど眠っていた純耶は、何度か夢を見た。そのうちはっきり覚えている夢がある。あの、歌舞伎町でのことだ。

夢の中で訪れた店は、よく知ってるバーだった。カウンターだけの落ち着いた空間で、店内には白髪のバーテンダーと純耶、それからもう一人、はっきりと顔の見えない男が座っている。

手元にはカクテルのショートグラスがある。透明な液体の中に浮かぶのは、緑色のオリーブ。赤いピンを刺したオリーブを液体の中から上げた男は、それを歯の間に挟んだ。軽く力を入れることで、果肉に染みたアルコールが、滲み出てくる。

『マティーニは人生と同じだ』

唇を動かすことなく男の声が純耶の耳に響く。

『ジンとベルモットを他の言葉に当てはめれば、面白い公式が成り立つかもしれない。たとえば、男と女。たとえば、仕事と金。それから、敵と味方』

男と会ったのは、新宿の歌舞伎町だった。派手なホスト然とした格好をしていながら、弁護士だと言っていた。

どこかおどけた人なつこい笑顔を浮かべながら、ふとした瞬間鋭い瞳を純耶に向けてきた。

『どんな事柄に対しても、原因と結果、そして理由が存在するわけですから。だから貴方の中には明確に、僕が貴方を知っているかもしれないという理由がある。でもそれを言いたくない。違いますか？』

近江と名乗った男のことを、純耶は全く知らなかった。だが、明らかに相手は自分を知っている風だった。

別れ際、またいずれと言った。

その後やってきた稲積は、純耶に聞いてきたではないか。

『――この男、澤さんに、何か言ってましたか？』と。

あの後、稲積にも岩槻にも、彼が誰だったのか確認していない。けれど純耶の心には、ずっと刻まれている。

思わせぶりな口調と物言い。

彼は一体、何者だったのか。

「……ですから、近江弁護士が……」

浅い眠りの中にいた純耶は、ふとその名前に気づいて目を開け、思わず身を乗り出した。

「どうした?」

卯月が純耶の反応に、心配そうに顔をこちらに向けてくる。

「今、なんて言った?」

「今って、何が」

「今、近江って言いましたか?」

怪訝な視線を向けてくる卯月ではなく、その名前を口にした岩槻に確認をする。

「あ……」

その問いに対し、稲積が短い声を上げる。

「もしかして、この間会った近江さんのことですか?」

夢の中で会話していた相手の顔が、はっきりと純耶の脳裏に蘇ってくる。

「どうして近江さんの名前が出てくるんですか?　やっぱりあの人は、卯月と知り合いなんですか?」

「知り合いなんかじゃねえよ」

卯月は前に乗り出す純耶の体を引き寄せ、自分の腕の中に抱え込む。

「だったら、なんで今近江さんの名前が……」

「俺のことより先に、なんで純耶が近江のことを知ってるのか教えろ」

「――会ったんだ」

「会った？　どこで」

卯月の瞳が鋭くなる。

「先日、卯月さんに会うっていう口実で、ナンバーファイブに澤さんを呼び出したときらしいっす」

卯月の視線に怯えつつ、稲積が明かす。

「本当か、岩槻」

「あいにくと私はその場に居合わせていなかったので、顔は確認していません。が、澤さんがもらったという名刺には、確かに近江弁護士の名前がありました」

「名刺？　まだ持ってるか、それ」

すぐに純耶に確認してくる。

「たぶん、財布の中に入ってると思う」

「見せろ」

「財布、部屋に」

「――しょうがねえな、俺が取ってくる。上着のポケットか？」

「う、ん」

卯月は面倒くさそうに振る舞いながら、自分の部屋へと向かう。

パタンと扉が閉まるのを待って、ようやく緊迫していた空気が和む。

「――大丈夫ですか、澤さん」

声を潜め、岩槻が聞いてくる。

「顔色がお悪いようですが……」

「平気です。それより岩槻さんの腕の調子はどうなんですか？」

「私の方は問題ありません――先日は、ありがとうございました」

「……したっ」

そう言うと、岩槻と稲積はソファから降り、床に手を突いて頭を下げてくる。

「え、何がですか」

「先日、我々が嘘を吐いて呼び出した件のことです。ご自分のせいにされて、庇ってくださったことです」

改めて言われて思い出す。が、決して二人を庇おうと思ってのことではない。

「あのとき、澤さんの言葉がなければ、こうして今、卯月様の前にいられたかどうか……」

「そんな、大袈裟な……」

「大袈裟なことじゃねえです」

稲積が力一杯、岩槻の言葉に付け足す。

「あのときには、立場上しょうがないこととはいえ、自分が卯月さんを裏切ったことは間違いないです。万が一、会長が澤さんにとって不利益になることをしていたら、今頃、自分らは指を落としていた……いや、それ以上のことになっていたかもしれません。自分は興隆会の人間で、会長は絶対の存在です。でも自分の命は会長でなく、卯月さんに預けてます」

稲積に真顔で言われて、さすがに純耶はそんなことはないと言えなくなった。

あのとき卯月の父親が、自分にとってどんな不利益なことを言う可能性があったのか、それを考えるのも怖い。

「それよりも、聞きたいことがあるんです」

「なんでしょう」

純耶の問いに、稲積は真剣な様子で応じる。

「この間バーで俺の会った近江さんのことです」

「え、あ、いや……」

近江の名前に反応して、稲積は慌てて誤魔化し、岩槻の眉間に深い皺が刻まれる。

「この間のとき、稲積さん、何か言いかけましたよね？　あれは何を言おうとしたんですか？」

「それは――」

「近江ってのは、久方組の顧問弁護士をやってんだ」

答えたのは、稲積でも岩槻でもなく、戻ってきていた卯月だった。

手の中には純耶の財布と、その中から取りだしただろう名刺があった。

「顧問……って、まだかなり若そうだったけど」

卯月は財布だけ、純耶の膝の上に放り投げ、テーブルの上に名刺を置いた。

「元々は、奴の親父が顧問だった。が、数年前に病気で倒れて、その後を同じく弁護士になっていた息子が継いだ——そうだったよな、岩槻」

「おっしゃるとおりです」

「でもその近江が、なんでうちの店になんか顔を出す必要がある？」

「おそらく、歌舞伎町の下見でもしていたんじゃねえすか？」

「それでなんで、純耶に名刺なんて渡す？」

「あの人、俺を知ってる風だった」

純耶自ら答える。

「なんだって？」

卯月の声が低くなる。明確な憤りが感じられる。

「会ったのは偶然なんだ。絡まれているところを助けてくれた。そうしたらナンバーファイブを探しているというから、一緒に連れて行った。そこで初めて名刺をもらったから、俺も名乗ったんだ。澤純耶だと言ったら、驚いた様子を見せていた」

「——なんだって言った？」

「奇遇だって——」

何が奇遇なのかを確認したら、近江は店の話にすり替えた。あのときはまさか、近江が自分のことを知っているわけがないと思っていたため、それで話を流してしまったが、彼が「奇遇」だと言ったのは、あの店で純耶に会ったことだった。

冷静になって考えてみれば、あまりに何もかもできすぎている。

「それから、他には何か言われたのか?」

「特には」

ドライマティーニの話をしても、上手く説明できるようには思えなかった。

あの男が自分を、それから卯月のことを知っているように感じられたのは、あのときの近江の口調や物言い、それから自分に向けられる視線が合わさったことで初めて、違和感を覚えたからだ。

「――大胆な奴だな。今この状況で、歌舞伎町に一人で顔を出すなんて」

卯月は口の端に僅かに笑みを浮かべる。

「あの……」

純耶が口を開くと、「なんだ」と卯月が返してくる。

「近江さんは、具体的に、何か卯月たちに対して不利になることをしてるのか?」

「橋口を殺《や》った男の弁護をしてる」

「……あ」

憮然とした口調で言い放つ卯月の言葉で、純耶は稲積から聞いた話を思い出した。

殺人を犯していながら、懲役刑が短くなるかもしれない——最初からこれを見越して、久方組が詫びを入れてきたのではないか。興隆会内部では、そんな噂が出ている。

「おまけに岩槻が怪我した件でも、久方組は知らぬ存ぜぬを通してやがる上に、直で電話すると、奴が出てくる」

「奴？」

「近江です」

冷静に岩槻が答える。

「文句があるならうちも弁護士通せと言いやがったらしい。どう考えたって、あれは詫びを入れている方の態度じゃねえ」

「正道塾との縁戚の話を持ち出してきたのも、どうやら近江弁護士のようです」

「どこでどう、久方組の顧問弁護士が、正道塾と繋がんですか？」

「繋がりなんてあるわけねえよ。ただ単に、うちと張り合わせるために、そこそこの規模の組が必要で、適当に見繕ってきたんじゃねえの？」

卯月はあっさりしたものだ。

「正道塾が関東に進出を目論《もくろ》んでいるって話は前から出ていた。うちの屋台骨ががたついている今なら、チャンスだとか、万が一歌舞伎町の実権を握ることができたら、その売り上げの一部を渡すとか、シマの一部を預けるとか、そんな口車に乗せられてるに決まってる」

「誰の、口車に?」

「決まってるだろう。近江だ」

断言されて、少なからず純耶はショックを覚える。

独特のアクの強さを見せてはいたものの、自分が対峙《たいじ》したあの男が、そんなことを企《たくら》んでいるとは思ってもいなかったのだ。

「それよりも、近江弁護士が澤さんのことまで知ってるとなると、少々厄介なことになるかもしれません」

「……くそっ」

岩槻の台詞を受けて、卯月は握り締めた拳をソファに打ちつける。

「――ったく、何を考えてんのか、俺にはさっぱりわからねえ。顧問弁護士なんてやってんなら、組を再興させてえんじゃねえのか? だったらなんで、わざわざうちの組を怒らせるようなことをしやがる」

「岩槻さんが撃たれた件の犯人は、いまだわかっていないんですか?」

「ええ……まあ、おそらく十中八九、久方組の息の掛かった人間の仕業だということには間違いありませんが……」

岩槻にしてはやけに奥歯に物の挟まった言い方をする。

「が?」

「あからさまに犯人がわかりやすい手段に出る理由がわからないんです。久方組はうちと和解したいはずなのに……」

ひっかかりを覚えながらも、純耶は口を開く。

「卯月のお父さんは、どう思われているんですか?」

「興隆会としての判断は、今の段階ではまだ出ておりません。何しろ会長は今、所用で台湾にいらっしゃいますし……」

「はあ? シンガポールじゃなかったのか?」

「いえ。シンガポールから台湾へ移動されたそうですよ」

「今、この家にいないんですか?」

「当たり前だ」

当然のように卯月が言い放つ。

「あいつがいるなら、俺はこの家にこんなに長くいたりしねえ。電話してもつながらねえし、ったくよ」

「そう……なんだ」

驚きの目を向ける。

「高三のときに東京に戻っていらしてから、卯月様はほとんど西麻布のマンションにお住まいですから。お泊まりになったのは、もしかしたら今回が初めてではないでしょうか」

岩槻の説明で、あの部屋で覚えた違和感に納得がいく。

「いっそのことこの機会に、ご実家へ戻られたらいかがですか？」

「冗談じゃねえ。あのクソ親父と毎日顔を合わせていたら、頭がおかしくなる。てめえだって、それはわかってるだろう、岩槻」

「とはいえ、幹部になられた暁には、そうは言ってはいられないかと……」

「幹部就任についちゃ、まだ承諾した覚えはねえ」

卯月に対し、岩槻はやけに積極的に話を持ちかける。

「それについては、おそらく卯月様のご意思は関係なく、決定事項です。会長がお戻りになられた数日後には、幹部就任式を催す予定になっています」

卯月は新たに煙草に火を点け、煙をわざと岩槻に向かって吐き出した。岩槻は表情を変えることなく、僅かに顔を逸らすにとどまる。

「その代わりと言ってはなんですが、幹部に就任されれば、見合いの件については卯月様次第だと思います」

卯月はもう一度、一杯に吸った煙を、天井に向かってゆっくり吐き出した。

「――いずれにせよあのクソ親父、俺が怒鳴り込むのがわかっていて、逃げやがったことには変わりがねえ」

「逃げるって……」

「澤さんを呼び出した件です」

　ひそひそ声で、稲積が純耶に教えてくれる。

「あ……」

「クソ親父はともかくとして、近江の奴の動きが気になる」

　卯月は歯ぎしりしながら、顎をしゃくり上げる。

「俺や組に手を出してくるならともかく、関係ねえ純耶にまで粉を掛けようとしたことが気に食わねえ……」

　低く唸るような口調で告げられる言葉が、純耶の心の奥深くまで沈み込んでいく。

「それで、その後の奴らの動きはどうなってる？」

「はい。実は」

　そこまで言いかけて、岩槻はちらりと視線を純耶に向けてくる。

「純耶。俺はこいつらと話がある。お前は少し、外してろ」

「――わかった」

　この場にいても、自分のわかる話ではない。そして先ほどまでの話と違い、聞かせたい話でもないのだろう。居合わせる権利も意味もないとわかっているが、こういうときに疎外感を味わう。

　話し合いを始める卯月たちを横目に部屋を出ようと立ち上がった。

だが微かな引っかかりを覚えて、足を止める。

「俺、近江さんと会ってみようか」

振り返っての言葉に、その場にいた全員の目が純耶に向けられる。

「——何を言ってる？」

卯月は怪訝な顔を見せる。

「だから、近江さんがどういうつもりなのか、聞いてみようかと言ったんだ」

「ばかか、お前は」

バンと強く卯月はテーブルを叩く。

「俺がこの間言った話、聞いてなかったのか。お前は組の人間じゃねえ。下手に首を突っ込むなって言ってんだ」

卯月の言葉に、純耶は思わず苦笑を漏らす。

「……どうしてそこで笑う。俺は真剣に……」

「だって、卯月、小早川会長と同じことを言うから……」

「な……っ」

どれだけ強く抱き合っても、深く求め合っても、二人の間の溝は埋らなかった。卯月を助けたい純耶と、純耶を守りたい卯月。互いが本心で求め合う気持ちは同じなのに、どうしても卯月は折れなかった。

「このままなら俺は同じことを言われ続ける。弱点、不安材料、アキレス腱──」

「弱点じゃねえって、何度も言ったはずだ」

卯月は声を荒げる。

「卯月がそう思っていることはわかってる。でも、岩槻さんや稲積さんから見たら、どうですか?」

「答える必要、ねえぞ!」

すぐに卯月は二人を威嚇する。だが純耶はその程度では怯まない。

「岩槻さん、お願いです。答えてください。冷静に判断して、今の俺の立場が卯月のためになると思いますか?」

「──思いません」

「岩槻、てめえ……っ」

卯月の手が、岩槻の胸倉に伸びる。だが岩槻は抵抗することなく、されるがままになっていた。岩槻は元々感情を露にしない男だ、でも今日はわざと純耶を煽っているとしか思えない。

「少なくともこのままの状態を、会長がよく思っていないことは事実です」

「クソ親父の言うことなんて、関係ねえだろうが」

「関係あります」

岩槻は冷静に言い返す。

「なんだと」

「先日の澤さんとの会合では、会長はあくまで牽制されただけで、具体的な策は講じていらっしゃいませんでした。ですがこの先、久方組のみならず、正道塾との間でも厄介事を抱え込んでしまった場合、会長は組と卯月様を守るため、必ず澤さんを切るための実力行使に出ると思います」

「てめえ……俺を怒らせたいのか」

「違います、卯月さん。岩槻さんは、あくまで一般的なことを申し上げているだけです。自分も、これについては同意します」

稲積が真剣に岩槻をフォローしてくる。

「稲積、てめえまで人のことを裏切るのか」

「裏切るんじゃありません。自分は卯月さんのためを思って、本当のことを言ってるだけです」

「それが裏切るってことだって言ってるんだ」

卯月は岩槻の胸元を握っていた手を思い切り払い、稲積の頬目がけて振り下ろそうとした。

「駄目だ、卯月」

瞬間、純耶は無意識に飛び出し、あっと思ったときにはもう卯月の手が頬を叩いた後だった。

バチンという鈍い音が部屋の中に響き、純耶の体はその反動で、床に倒れ込む。刹那、すべての動きが止まる。

どしりと尻餅をついたとき、純耶の頭の中は真っ白だった。

視界は銀の光が明滅し、少し遅れて頬がじんじんと痺れ始めてきた。

恐る恐る頬に手を伸ばすと、そこは火傷したように熱くなり、赤く腫れ上がっていた。口の中には僅かに鉄の味が広がり、軽い目眩を覚える。

力を加減する余裕などなかったのだろう。本気で卯月に叩かれた痛みは、想像を遥かに超えていた。

「痛……い」

消えそうな声で純耶が呟《つぶや》くと同時に、岩槻が反応する。

「大丈夫ですか、澤さん」

岩槻は、背後から倒れそうになる純耶の体をそっと抱き留め、そのままソファの上に横たえさせてくれる。

「私の手が見えますか？　意識は大丈夫ですか？」

「平気……です……っ」

頭ははっきりしているが、とにかく唇を動かすと、引きつれるような痛みが広がる。

「稲積」

「はい」

「すぐにタオルを冷やしてくるように」

「はいっ」

「それから、卯月様」

「あ……」

岩槻に名前を呼ばれてやっと、卯月は我に返ったらしい。全身を大きく震わせ、それから、たった今、純耶を叩いた自分の手を眺める。

「私は手当するように用意しますので、貴方はここで澤さんのそばにいらしてください」

「俺、が……」

「そうです。貴方が、です」

まだ呆然としたままの卯月に、岩槻ははっきりと言い聞かせる。それから、改めて純耶の顔を覗き込んでくる。

「澤さん、すぐに戻りますから、何かあったらすぐに卯月様におっしゃってください。いいですね？」

「は、い……」

純耶が頷くのを見て、岩槻はその場を離れていく。

卯月は、依然、呆然と突っ立ったままだ。

眉間に深い皺を刻み、眉を下げ、今にも泣きそうな顔をしている。自分が何をしたのか、何度も何度も頭と胸の中で反芻《はんすう》しているのだろう。表情を見ているだけで、辛くなる。

「卯月……」

そっと名前を呼ぶと、卯月は全身を震わせた。

「こっち、来て」

純耶の求めに応じ、ぎゅっと唇を噛み締め、苦しげな表情で純耶の近くまで歩み寄ってくる。

そして ソファの前に立つのを確認して、純耶はゆっくりその場に起き上がった。

「純耶……」

「さっきの話、俺、本気だから」

「さっきの話って、近江に会うって話か。まだ、そんなばかなことを言ってるのか」

卯月はやりきれないように、顔を手で覆い隠す。

「これ以上、俺を怒らせるな。今の状態じゃ、何をするか自分でもわからねえ」

「――怒らせたいわけじゃない。俺は、これからも卯月と一緒にいたいから、自分のできることを必死にさがしているだけなんだ」

そう言う純耶の顔を、卯月はじっと見つめた。

「澤さん、お待たせしました」

バタンと大きな音を立てて、稲積がタオルを手に戻ってくる。

「澤さん、大丈夫です、か……？」

二人の間の不穏な空気に、稲積の尋ねる声が途切れがちになる。

「あの……」

「稲積さん、ありがとう。タオル、ください」

「あ、はい……あの……どうしたんですか」

稲積が居心地悪そうに聞いてくる。

「岩槻さんが戻ってきたら、話すよ」

「――なんでもない」

卯月と純耶は、ほぼ同時に口を開く。

「なんでもないことないよ。きちんと話を聞いてくれないか」

「聞く必要なんてねえ」

「だったら、そうやって、いつまでも現実から目を逸らすつもりなのか」

「誰が、目を逸らしてるって言うんだ？」

早口になるのは、図星を指されているからだ。

「卯月以外に誰がいる？」

早口に喋ろうとすると、頬が引きつれて痛かった。だが、今ここで、卯月に従うわけにはいかない。こんな状態だからこそ、言わねばならない。

「てめえ……」

「だってそうだろう？　いくら俺が銀行の仕事を辞めたところで、今のままじゃいつまで経っても俺と卯月の間には溝がある。生きる世界が違うと、ずっと言い続けられる。俺は女じゃない。結婚という術がない以上、俺が卯月と一緒に生きていくためには、それ相応の理由づけが必要だ」

「だから、お前は俺のそばにいれば、それでいいと……」

「俺は卯月の荷物になりたいわけじゃない。守ってもらいたいわけでもない。俺も卯月を守れる存在になりたい」

痛みを堪え、強く首を左右に振る。

「――では、どうすれば、そうではない生き方ができると思われているんですか？」

聞いてくるのは、戻ってきた岩槻だ。

「岩槻、てめえは黙ってろ」

「私は卯月様をお守りする立場にあります。貴方に害を為す可能性のある人間は、いずれ排除せねばなりません」

「岩槻っ！」

再び殴りそうになる衝動を、卯月はぎりぎりで堪えていた。

「――ですが、できれば、そんなことはしたくありません。しなくて済む方法があるというのなら、その方法を選びたいと思っています」

岩槻の言葉に、純耶は泣き出したい気持ちになる。卯月の父に会う際、卯月と引き離される可能性があるのかと聞いたら、岩槻は言った。

『――可能性ということで言うのならば、ゼロではありません。ですが、すべては澤さん次第だと思います』

逃げることは容易だ。だが九年前に一度逃げた自分には、もう逃げるという選択肢は残されていない。

岩槻の言葉は現実を純耶に教えてくれる。

「俺という人間が、卯月にとって害を為す人間でなくなればいいんです」

「具体的には？」

「――考え中です」

正直に純耶は答える。それがわかっていれば、今頃悩んでいない。

「俺に喧嘩はできない。戦いの場に自ら乗り込んでいくだけの度胸もない。みんなが思う通り、卯月に守られるだけの存在である以上、今のままでは卯月の弱点にしかならない。でも――俺にも何か、卯月を守る術があるはずだと信じたい」

自分も興隆会の一員になれば、答えは簡単なのだろうかと考えたこともある。だが、実質的に役に立たないのでは、立場はなんら変わらない。

ならば、違う方法を探すしかない。卯月の父親を含めた多くの人間に、澤純耶が必要な存在だと、知らしめる方法を。

「そのために、近江に会うというのか」

「――少し違うけど、最終的には繋がるかもしれない」

「どういうことだ？」

初めて卯月は、純耶の話に興味を示した。

「卯月には、まず相手の計画に乗って、見合いをしてもらいたいんだ」

「なんだって？」

当然のことながら、純耶は驚いた。

「その場で俺は近江さんと会って、直接話をしてみようと思う」

「無茶です」

岩槻も表情を変える。稲積も同じだ。

「相手がそこで、どんな手段に出てくるかもわからないのに、みすみす敵の巣に飛び込むなんて……」

「だから、見合いをしている場所で、と言ってるんです」

純耶は岩槻に向かって笑おうとして失敗する。引きつれた頰にタオルを押し当て、それから卯月を振り返る。

「――俺に何かあったら、助けてくれるだろう？」

卯月は純耶の問いかけに目を見開き、それから諦めたように苦笑を漏らして言った。

「当たり前だ」と。

純耶の提案を、卯月たちが受け入れることになった結果、このまま純耶がこの家にいることは得策ではないと、自分のマンションに戻ることになった。

着替えを済ませて純耶が部屋を出ると、腕組みをした卯月が壁に背中を預けて待っていた。

卯月は先ほどまでのラフな格好ではなく、スーツに着替えていた。髭も剃られ、髪もきっちりセットされている。

だだっ広い本家には、めったに卯月が訪れることがないにもかかわらず、寝室以外にも卯月のための部屋がいくつかあるらしい。おそらくその部屋に、着替え一切が置いてあるのだろう。いくら当人が理由をつけて拒もうとも、数年後の未来には、この家で卯月は暮らさざるを得ない状態になる。その事実がわかっていて、卯月は最後の足掻きをしているのかもしれない。

「送ってく」

「駄目だよ」

純耶は笑顔でその申し出を拒む。

「どこで誰が見ているかわからない。だから、俺が家に戻ることになったのに、卯月に送られたら、まったく意味がないだろう？」

「だが……」

卯月は眉を顰める。

「大丈夫。もし何かあったら、すぐに卯月に電話する」

「――絶対だな?」

「絶対に」

「家に戻ったからって、一人であちこち出歩くんじゃねえぞ」

純耶が口を開く前に、卯月が先に釘を刺してくる。

子どもに対するような物言いに、純耶は思わず笑ってしまう。卯月が必死になればなるだけ、愛されていると実感できる。

「俺、子どもじゃないんだけど」

「わかってる、そのぐらい。ガキじゃねえから、厄介なんだ」

拗ねる純耶に、卯月は呆れたように返してくる。

「どうして?」

「ガキなら多少脅せば大人しくしてるだろう? でもてめえは俺が脅したところで、自分の納得しねえことには、絶対刃向かってくる。どれだけ俺が心配したところで、言うことも聞かねえだろうが」

ため息混じりの言葉に、純耶はもう一度笑おうとして失敗する。

そんな純耶の頭を、卯月は大きな手でくしゃりと撫でつけてくる。

「卯月……」

顎に指をかけ、上向きにされた唇に、浅いキスが降ってくる。舌を絡めることなく、軽く上唇を啄めるだけで終わった。

「絶対に無茶はするな。俺のために、それからお前のために」

鼻先が擦れるほどの距離まで顔を寄せ、卯月は純耶に言い聞かせるように、ひとつひとつ言葉を句切った。

頬に添えられた大きな手から温もりが伝わってくる。

「俺が本当の意味で強くなったら、純耶に嫌な思いをさせたりしねえ。絶対に……こんなことは、今回だけだ」

卯月の言う「強く」という言葉に、どれだけの意味が含まれているのか。

きっと純耶が思う以上に、卯月は悩み苦しみ考えている。そして純耶と同じ迷路に嵌り込み、懸命に出口を探している。

その出口は、純耶の望む出口とは違うかもしれない。だが、卯月が純耶を想ってくれている事実に、なんら変わりはない。

「――わかってる」

卯月の頬に両手を伸ばし、軽く腰を浮かせて自分からキスを返す。卯月からのキスより少し長く、少し深く重ねた。唇を離すときは、同じように唇を軽く嘗めると、煙草の味が移った。

「純耶……」

「絶対に無茶はしない。卯月を信じて、卯月の言う通りに動く」

そう宣言する純耶の頬に、そっと卯月の手が触れる。この温もりを、絶対に失いたくない。

「――悪かった」

珍しく殊勝な態度で謝られると、後ろめたい気持ちになる。

「悪いと思うなら、もう一度キスして」

小首を傾《かし》げて甘えるように言うと、卯月はその望みに応じるべく、再びキスをする。

先ほどよりももう少し甘く、熱を帯びた口づけを終わらせるのがひどく辛かった。

けれど軽く卯月の胸を押し返し、そのキスから逃れる。この別れは、一生の別れにはならない。

「純耶……」

「お見合いの日程が決まったら、連絡してくれよ」

「――ああ」

名残惜しい気持ちを堪え、純耶は卯月から逃れた。

7

訪れた土曜日の大安。憎らしいほどに澄み渡った青空が、寝不足の目には眩《まぶ》しかった。

駅まで急ぎ足で向かう純耶は、細身のジーンズに黒のレザージャケットを羽織り、卯月から借りたサングラスをかける。

慣れない格好で歩く新宿の雑踏は、いつもと違う景色に思える。周囲の視線がすべて自分に向けられているような気持ちを味わいながら、やっとのことで都庁のはす向かいに位置するホテルのラウンジへたどり着く。

時間は、午後二時半を回ったところだ。優しい生のピアノ演奏の流れるホテル一階のラウンジには、ある一角を除き非常に穏やかな空気が流れていた。

純耶は昨夜、近江の事務所に電話をした。名乗らずに「こんばんは」と挨拶をすると、相手も「こんばんは」と応じた。

『会いたいんですが』

そう言うと、『いいですよ』と返してきた。近江が純耶を認識したのかどうかはわからないが、とにかく待ち合わせを指定した。

新宿の都庁はす向かいに位置する老舗のホテル。ラウンジで待つ、と。

時間は午後三時。

同じ時間、卯月は久方組の仲介で、『見合い』のため、同じ場所に訪れる予定になっている。

だから、あえてその場所その時間を指定した。

近江がそれを知っていたか否かは知らないが、了解したと応じた。

そして純耶は、指定した時間、指定した場所に向かう。

タイミングの問題か、ラウンジには他の客の姿はまばらだった。

窓際にほど近い場所を選んで座ると、とりあえずブレンドを注文し、持っていた文庫本を開いて待つ。

平静を装い文字を追いかけてみるが、頭には何一つ入ってこない。

視界の隅に映る窓際の様子が気になり、ラウンジの入り口に人の気配を感じるたびに、そちらに視線を向けてしまう。

ひっきりなしに腕時計で時間を確認し、まだ一分も経っていないのがわかって、ため息を吐く。

今日、卯月も見合いをする。

とはいえ、本格的なものではなく、あくまで顔合わせの形を取っているに過ぎない。それでも、ずっと拒み続けていたにもかかわらず、相手に会ってみると卯月が言ったときには、組中が大騒ぎになったらしい。

『いや、マジで、会長は祝杯を挙げたぐらいです』

日時の連絡をくれた稲積は、笑いながらそう教えてくれた。

早急に相手との日程調整が行われ、土曜日の午後が設定された——のだ。

気分を変えようと冷えたコーヒーに手を伸ばしたとき、そこに微かに影ができる。さらに伸びてきた手が、持っていた本を奪っていく。

「夏目漱石——？」

少し呆れたような響きを持つその声に、純耶はゆっくり視線を上げる。その先には、先日歌舞伎町で出会ったのと同じ、デザインスーツを身に着けた男が立っていた。

切れ長の瞳を細めた男は、純耶の手から奪った文庫本を眺めてぼそりと呟いた。

「なんだか、澤さんに似合いすぎですよ。どうせなら、もっと違う本を読んでいればいいのに」

だが今日は、男の襟元に弁護士章があるのを見逃したりしない。

「——違う本って、具体的にはどんな本ですか？」

「そうですねえ……『人妻との危ない午後』とか、『団地妻危険な情事』とか……」

「……人妻が好きなんですか？」

眉を顰めての純耶の問いに、ようやく男は顔をこちらを振り返った。最初、頭のてっぺんから足の先までを、値踏みするような視線を向けてくる。怒ったような表情の後、やっと口元に微かな笑みを浮かべる。

「人のものって、それだけで奪いたくなりませんか?」

意味深な、どこまで本気かわからないような言葉を返してきた近江は、純耶の正面に腰を下ろした。

「お待たせしてすみません。道路が思っていたよりも混んでいたもので」

本をテーブルに置いた近江は、ラウンジのスタッフを呼んで、ブレンドコーヒーを注文する。それから灰皿を手前に引き寄せながら、純耶に確認してくる。

「煙草、いいですか?」

「——どうぞ」

純耶の確認を取ってから、スーツの内ポケットから煙草を取り出す。銘柄は今卯月の吸っているものと同じで、吐き出される匂いにも覚えがあった。

近江が一服し終わるのを待って、純耶は改めて頭を下げる。

「今日は突然にすみませんでした」

「とんでもないですよ」

近江は笑顔で返してくる。

「名乗らなかったのに、俺だとわかったんですか?」

「こう見えても僕、一度会った人の声と名前は、そう簡単に忘れないんです。だから、第一声を聞いた段階で、澤さんだってわかりました」

「……本当ですか？」

「もちろんです。そうでなければ、こうしてここに来たりしません。澤さんは他の人と違ってちょっと特別な存在だし、実のところ、そろそろ連絡がある頃かなと思っていたんですよ」

「……どうしてです？」

間髪入れずに返すと、「どうしてでしょう」と笑いながら答える。そう簡単には、腹を割ったりはしないようだ。

「僕からも質問させてもらいましょうか。澤さんこそどうして僕を呼び出したりしたんです？話したいことって、なんですか？」

すべてわかっているだろうに、近江は右手に煙草、左手にコーヒーカップを持った状態でわざとらしく聞いてくる。

「――近江さんが先日、ナンバーファイブにいらした理由はなんだったんですか？」

「言わなかったでしたっけ？　飲みに行こうと思って店の名前を聞いて探していたって」

そう簡単に、手の内を明かしたりしない。

「誰に、聞いたんですか？」

「何をです？」

「ナンバーファイブというバーの存在です」

「誰だったかな？　事務所のスタッフだったかなあ」

表情を変えることなく平然と応じるところは、さすが弁護士というべきか。

「――では、俺の名前を知っていたのはなぜですか？」

「それは、君が名乗ったから」

「俺が名乗ったあとで、奇遇だとおっしゃったじゃないですか」

「――そうだったかな？」

「惚《とぼ》けないでください。遠回しな会話をしたくてお呼びしたわけではないんです」

純耶は強い語調で反論する。

「貴方は俺と小早川卯月のことを知っている。そしてあのバーが、どういう場所かも知っている。その上で、貴方は様子見に来た――違いますか？」

声を低くする。

「怖いなあ、そんな顔をしないでくださいよ」

「笑って誤魔化すのはなしです」

この状態でなお、笑って話を逸らそうとするような態度に、苛立ちが増してくる。空になったカップを握り締め、込み上げてきそうになる感情を必死に堪える。

「――って言われてもねえ……正直僕も困るんですよ」

近江はまだ笑っていた。だが、その目からは、先ほどまでの穏やかさは消えていた。

「理由を知ってどうしようって言うんですか？　澤さんの思うように、貴方と小早川の坊ちゃんのことを僕が知っていて、さらに貴方との関係を知っていたところで、なんだって言うんです？」

「俺は貴方が、どういうつもりなのかを知りたいんです」

「僕が？」

微かに近江の表情が変化する。

「貴方は久方組の顧問弁護士をされていると聞いています」

「そうですよ」

「その貴方がどうして、久方組の不利になるようなことをしているのかがわからないんです」

「――不利になる？　何が」

「それはご自分がよく知ってるんじゃないですか？」

純耶は半ば当てずっぽうを口にする。

「小早川と久方が提携する話をするところで、小早川の人間が撃たれた――その会合については、互いの組の人間しか知らない。小早川は明らかに、久方が情報を漏らしたとしか思えない。となれば、せっかく提携話をしているのに、小早川には久方に対する疑念が生じる。元々、事の発端は、久方組の二代目の息子が、小早川の人間を殺したことに始まっている。立場が弱いはずの久方が、今回も内紛を起こしているように見せかけ、さらにお詫びだと言って、今度は関西の広域暴力団の人間との結婚話を持ち上げてきた――」

「久方の人間として、申し訳ないと思っているからの行動です」

近江は、伸びた灰を軽く灰皿に落とし、悠然と答える。

「申し訳ないと思いながら、なんで小早川が怒ることを繰り返されたんですか？」

「おっしゃる意味がわかりません」

近江は、意味ありげな視線を向ける。

「澤さんのおっしゃる話を聞いていると、うちがわざと小早川を怒らせるために、動いているようにしか思えないじゃないですか」

「違うんですか？」

間髪入れず純耶は自分の疑問をぶつける。

「最初の——橋口さんを殺した件については、おそらく状況が違うのだろうと思っています。でもそれよりも前からずっと、久方組は興隆会に対し、対抗意識が強かったと聞いています。そこから生まれた鬱憤が爆発して、橋口さんの件へと発展した。さすがに人一人の命を奪ったことで、関東連合からの絶縁状を叩きつけられる可能性を危惧して、二代目は小指を落とし、実質引退をされて、なんとか組は存続することになったと聞いています」

「部外者なのにずいぶんとお詳しいんですね」

揶揄するような物言いにむっとしつつ、話を続ける。

「本来なら、そこまで追いつめられたら、二度と興隆会を怒らせないようにするのが、普通だろうと俺は勝手に思っていました。が、その後の展開を見ていると、そうは見えません。むしろ、興隆会を怒らせようとしているように思えます」

「どうして？　そんなことをして、うちになんの利点が？」

「それがわからなくて、俺も色々考えました」

純耶は顔の前で両手を合わせる。

「俺は近江さんのおっしゃるとおり、部外者なんです。部外者だから、裏側のことなんてほとんどわかりません。だから、目に見えてわかる事実だけを取り上げて考えてみました。そして、推測してみたんです」

「それで、部外者であり、一般人である澤さんの意見は？」

純耶は小さく息を吸う。

「久方組の再興、以外ないと思うんです」

「どうしてそう思うんです？」

近江は煙草を消すと、膝を組みその膝の上で手を組んだ。

「貴方が、久方組の顧問弁護士だから——それ以外の理由は思いつきません」

表向き、久方組に不利になるようなことを自ら仕掛ける。そのたび、謝罪し、詫びを入れる。その詫びがひとつずつステップアップして、正道塾の話を持ちかける。

元々正道塾は関東進出を狙っている。関東をテリトリーにしている興隆会にとって、横やりを入れてくる正道塾は、正直煙たい存在だ。が、縁戚関係を結ぶことができれば、下手に関東に手出しをしてこないだろう。

正道塾は興隆会と手を結ぶことで、関東への足がかりを正当手段で得ることができる。根回しをしたのち、時機を見て、興隆会の実権を奪い取りにかかる。そのとき、久方組と裏で交わしてるだろう密約が、表に出てくる。

元々久方組は、薬の売買を活動の中心に置いている。興隆会の毛嫌いする海外とも、早い内から手を結んでいる。

安易といえば安易ではあり、さらに長期的な展望でしかない話だが、これからの裁判で拘留されるだろう男が出所してくる時期を考えれば、タイミング的には問題ないのかもしれない。

純耶の言葉に、近江はしばし無言でいたが、やがて肩を揺らして笑い始める。

「怖い人ですね、澤さんって」

笑いながら、テーブルに手を伸ばし、新たな煙草に火を点ける。

「こっちの世界にどっぷり浸かっている人間の大半は、目先のことばかり気になって、そんな先のことなんて考える人間の方が少ない。でも……あんたは違っていたらしい」

笑うたび、じりじりと長くなっていく煙草の灰が、風に揺れてテーブルの上に散っていく。

「ということは、今の話を認めるんですか？」

「と言ったらどうする？」

挑戦的な視線に、純耶ははっきりと言う。

「興隆会に今の話を知らせます」

そして胸元に忍ばせていたICレコーダーをテーブルの上に置いた。

「度胸がありますねえ。というよりも、怖い物知らずと言うべきでしょうか?」

しかし、近江はまったく怯む様子を見せない。

「そんなことをされると当然困ります。ところで、僕が貴方をこのまま拉致していくことは考えなかったんですか?」

ほくそ笑みながら、近江はポケットから携帯電話を取り出した。

「貴方は部外者ですが、小早川卯月にとっては、価値のある存在だ。貴方自身を交換条件にすれば、どれだけのことを興隆会から引き出せるでしょうね」

「……本気ですか」

「どうでしょう。僕は澤さんが指摘したように、組の再興のためにはなんでもできます。僕の親父もそうしてきました。僕も同じようにします。そして最終的には、僕が組を動かすんです。考えるだけで楽しいと思いませんか?」

「今のお話、本気ですか?」

近江の背後に音もなく立った男が、静かな声で聞いてくる。口元まで運びかけた煙草をそのままに、近江は声の主を睨みつける。

「岩槻。どうして君がここに？」

近江は言葉とは裏腹に特に驚いた風もなく、突然に会話に入ってきた男に笑いかける。

「どうしたもこうしたもありません。ちょうど後ろの席で、貴方のセッティングした見合いが執り行われるところだったのです」

「……見合い？」

「――が、どうしたことか知らんが、先ほど急遽連絡が入ってな。相手側から延期してくれという申し出があった。そんなわけで帰ろうと思っていたら、あんたの姿が見えたんで、ついでに話を聞かせてもらったわけだ」

続く説明をする声に、純耶の心臓が大きく鼓動する。ゆっくり視線をそちらに向けた純耶の視界に、ダークグレーのスーツに身を包み、髪を完璧なまでにセットした卯月の姿が飛び込んでくる。

近江の横に立った卯月は勢いよくテーブルに手を突き、間近に顔を寄せて相手を睨みつける。

ついさっきまでここは、土曜日の穏やかな昼下がりの、ホテルのラウンジのはずだった。今も変わらず、ピアノの演奏は聞こえている。客の姿はまばらで、高い天井まで届く窓からは、日射しが射し込んでいて温かい。

にもかかわらず、純耶の座るテーブルの周辺だけ空気が緊迫し、冷ややかな雰囲気が漂っている。窓の外に見える穏やかな午後の庭園との温度差が、やけにリアルだった。

「卯月様。ここは公の場所ですので、他のお客さまにご迷惑になることはお控えください」

「んなこたあ、わかってる。こいつがばかなことさえ抜かさなければ、俺も手出しはしねえ」

隣の椅子を引き、そこにどかりと腰を下ろす。背中合わせの位置にあるソファには、稲積や他の背広姿の男たちが、無言でこちらを見ていた。

「もちろん彼らも、貴方が無茶さえしなければ、下手に動いたりはしません」

逆に言えば、動こうとした瞬間、彼らも動くということ。

「これは参ったな……」

絶体絶命に近い状態に追い込まれていながら、近江はまったく態度を変えようとしない。

「岩槻。澤さんというのは、君の組の人間ではないはずじゃなかったかな？　それなのに、彼に手を出すことで、興隆会が動くのか？」

なぜか近江は岩槻に向かって尋ねる。

「確かにその方は組の人間ではありません。が、貴方がその方を人質に取って、何かをされるのであれば、卯月様が黙っておりません。卯月様が動かれるのなら、興隆会は当然のことながら動かざるを得ません」

「――ふむ。なるほど」

岩槻の反応に、近江は満足そうに頷いた。

「ここは僕の方が立場が悪そうだ。改めて策を講じた上で、出直した方が良さそうだ。とりあえず、当初の目的はこの間と今日で達せられたからね」

「待ってください」

席を立ち掛けた近江は、純耶の質問に足を止める。

「ひとつ教えてください。近江さんはどうして、久方組の顧問弁護士をされているんですか?」

「どうして? それを君は、僕に聞くのか?」

「はい」

正直に頷くと、近江はやれやれと肩を竦めた。

「岩槻。彼は、少々無防備すぎないかね? 自分がどういう立場にいて、どういう存在なのか、今ひとつ理解できていないように感じるのは、僕の気のせいだろうか?」

「てめえに言われる筋合いはねえ……」

「貴方に言われるまでもなく、十分承知していることです」

今にも近江を殴りかからんとする卯月の口を覆った岩槻は、淡々とした口調で応じる。

「わかっているのならいいけど——ええと、なんだっけ? 僕がどうして久方組の顧問弁護士をしているのかと、聞いたんだったっけ?」

「はい——」

「父がやっていたから、というのが理由のひとつ。まあ、弁護士なんて仕事は世襲制じゃないから、やりたくなければやらないで話は済んだわけだけれども。でも僕は組と生きる道を選んだ」

「なぜですか」

「――澤さんは、その答えを自分の中に持っているんじゃないですか？」

「え……」

純耶を振り返って、近江は意味深な笑いを浮かべ、そのまま歩き出そうとする。

「あの……」

意味がわからずに追いかけようとする純耶よりも先に、卯月が近江の腕を掴む。卯月の腕に、一瞬純耶の腕が重なったような気がした。

「何をするんです。痛いじゃないですか」

近江は大袈裟なほど表情を歪める。

「一連のこと、てめえの独断か？」

「――なんの話です？」

声は潜められているものの、背中が震え上がりそうな声に、近江は怯む様子を見せない。

「誤魔化すんじゃねえ。考えてみりゃ、てめえの計画はあまりに見え透いてんだよ。そのぐらいのこと、うちの人間が見破れねえわけがない。にもかかわらず、うちの人間はどうも久方組に対し、甘すぎる気がする」

「卯月……」

何を言おうとしているのか、純耶にはわからない。

「橋口が死んだときには、あのクソ親父も本気で久方組をぶっつぶす勢いだった。それをぎりぎりんところで踏みとどまって、やっとのことで組の奴らを抑えた。そんな状況で久方組が今回みてえなことをしでかしたら、親父の顔に泥を塗るようなもんだ。でもあのクソ親父は平然と、自分の命が狙われたかもしれねえのに、何事もなかったかのように過ごしてやがる」

矛先が向けられたのは岩槻だ。しかし、こちらもまったく表情を変えない。

「それは、実際はお怪我されていませんし、久方組との話し合いができているからでは……」

「あのタヌキが、そんなに甘い考えを持ってると思うか？」

会長をフォローしようとする岩槻を、純耶は怒鳴りつける。

「卯月様。他のお客様にご迷惑に……」

「うるせえ！　もしかして、てめえら、グルか？」

卯月の視線が、岩槻と、さらに近江に向けられる。岩槻は黙り、近江は意味深な笑みを浮かべた。

「グルだなんてとんでもない。僕は組のためよかれと思う道を選んだだけです。あんたたちと手を組んだつもりはありません」

そう言って、近江は卯月の顔を見てにやりと笑う。

「……畜生。てめえ」

「卯月さん、違います。この男は本当に……」

「余計なことは言わないでくれよ、岩槻」

開きかけた岩槻の口を、近江は冷ややかな口調で制止する。

「興隆会の人間に庇われるなんてとんでもない。僕は僕と組のため、よかれと思うべきことをしただけだ」

潔いまでの近江の態度に、卯月も何も言えなくなったらしい。

「覚悟しとけよ。純耶!」

「はい」

近江の腕を振り払った卯月に突然に名前を呼ばれ、純耶は姿勢を正した。

「行くぞ」

「え……っ?」

どこへ行くのかわからず唖然としていると、卯月に腕を掴まれ強引に立ち上がらされる。とりあえずは従ってみるものの、何がなんだかわかっていない。

「卯月、どこへ……」

「岩槻。あのクソ親父はどこにいる?」

「この時間ですと、おそらく赤坂の『千利休』にいらっしゃるかと」

「稲積」

「はい……」

「車、五分で表に回してこい」

「は、はいっ」

稲積は慌てて車のキーを握って、駐車場に向かうエレベーターへ向かって走り出す。呆然と純耶はその後ろ姿を見送る。

「会長のところへ行かれるのですか?」

聞いてくる岩槻の表情は、普段とまったく変わらない。

「当たり前だ。あのクソ親父には一発言っておかねえと、この先何をされるかわかったもんじゃねえ」

答える卯月は、怒りを丸出しにしている。

「てめえら、俺が幹部になった暁には、ただじゃおかねえからな」

「——望むところです」

「やれやれ。僕は御免だね」

岩槻と近江がそれぞれに答えるのを背中に聞きながら、卯月はホテルのエントランスへ向かって歩き出す。一斉に、そこにいた男たちが頭を下げて卯月を見送った。

一般客やホテルスタッフの視線が、自分たちに向けられているが、卯月はまるで気にしていない。

「あの……卯月」

「なんだ、うるせえな。話なら後で聞いてやる」

「ごめん……でも、ひとつだけ……。岩槻さんと近江さんは、知り合いなのか?」

「詳しいことは知らねえが、高校んときぐらいに、一緒につるんでいたって話を聞いたことがある」

「――そう、なんだ」

あの二人の間に流れる不思議な空気は、そういった関係からくるものなのだろうか。

エントランスで待っていると、すぐに稲積の運転するＢＭＷがやってくる。

「赤坂まで行ってくれ」

後部座席に乗り込んですぐ、卯月は行き先を告げる。

「かしこまりました」

赤坂の料亭、千利休は、政府要人がしばしば外国人の接待に使う場所であり、またそこの女将は、卯月の父親の愛人でもあるらしい。

名前だけは聞く場所に、今、向かっている。

落ち着かない気持ちで、純耶は何度か卯月の顔を盗み見る。が、卯月は不機嫌そうな顔を窓の外に向けたまま、純耶を振り返ろうとはしない。手は強く握り締められていて、逃れることはできない。

流れていく窓の景色を眺めながら、純耶の頭の中には、近江の台詞が何度も繰り返し聞こえていた。

なぜ顧問弁護士になったのかの問いに、彼は言った。

『澤さんは、その答えを自分の中に持っているんじゃないですか？』

答えは自分の中にある——近江がどんな道を歩み、どういう気持ちで今の道を選んだかは知らない。でもただひとつわかること。それは彼が自分の意思で、自分の道を決めただろうことだ。それは彼の態度から感じられる。

純耶は自由になる手をそっと胸にやり、目を閉じた。

8

「久しぶりだな、女将」

「これはこれは、小早川の若様。いらっしゃいませ」

卯月の来訪を知って、千利休の女将は玄関まで出迎えにやってくる。

板間に正座し、深く頭を下げてくる女将は、四十代半ばぐらいだろうか。淡い桃色の着物姿に、髪をきっちり結い上げ、品のいい化粧を施しただけのさりげなさの中に、色香が滲み出ている。

「若様がこちらにおいでになるのは久しぶりですね。いかがされましたか？」

「うちの親父は来ているか」

卯月はぶっきらぼうに用件を告げる。

「会長でしたら、先ほどおいでになられましたが……何かご用でしょうか？」

「用があるからこんなところにまでわざわざ俺が来てんだろうが。どこにいる？」

「それでしたら、私の方から会長にお話しして、お取り次ぎしてよろしいか確認して参ります。とりあえず次の間でお待ち頂けませんか？」

「時間がねえんだよ。『鳳凰《ほうおう》』か、それとも『朱雀《すざく》』か」

卯月は女将の言葉を無視して靴を脱ぎ捨てると、そのままどかどかと廊下を歩いていく。

「ちょ、卯月……待った」

「何してんだ、てめえは」

「何してるって、見ればわかるだろう」

手を繋がれたままの状態の純耶は、土足で上がり掛けて、慌てて靴を脱ごうとした。が、踵《かかと》が引っかかって上手くいかない。

「……ったく、お前は」

卯月は低い声で唸ったかと思うと、不意に純耶の体が宙に浮く。

「え、わ……卯月！」

「じたばたするな、危ねえから」

「危ないからじゃなくて、卯月っ！」

卯月は純耶を肩に担ぎ上げた状態で、大股で廊下を歩いていく。純耶は卯月の頭を摑まえて、顔をこちらに向けようとしたが駄目だった。

「昼間はお前の言うことを聞いてやったんだ。これからは俺の言うことに大人しく従え」

真っ直ぐ前を見据えたままの卯月の表情は、これまでにないほど真剣そのものだった。先ほどのホテルでのやりとりの中で、卯月は何かに気づいたらしい。その上で、ここ、卯月の父親のいるだろう料亭までやってきた。

「卯月様。どうかお待ちください。私の方から会長にお伺いして……」

「息子が父親に会うのに、なんで仲介が必要なんだ」

強い口調で卯月は言い放つ。

純耶が本家にいる間に、一度も顔を合わせなかった。それは卯月も同じだろう。

神楽坂で会った際のことを忘れてはいない。

卯月と別れるように、示唆《しさ》されたものの、そんなことはできない。卯月も純耶も、そのことについては同じ気持ちでいる。

だが、具体的にそのためにどうするか、二人で話し合ってはいない。

この場に純耶を連れてきて、卯月はどうするつもりなのか。

そして自分自身は、どうするつもりなのか——。


卯月はなんら迷うことなく、『鳳凰』とある部屋の前に辿り着くと、なんの挨拶もなく襖を開けた。

「——なんだ、騒がしい」

落ち着いた風情の和室の上座には、この間とは異なり背広姿の小早川が、芸者を二人侍らせ座っていた。

「卯月と……澤さんか」

卯月はそこでやっと純耶を下ろす。純耶は脱ぎ切れていなかった靴を慌てて脱いで、それをやってきた店の仲居に預ける。

「話がある」

「わしはこれから、人と会う約束をしている。二時間で終わるから、その後にしてくれんか」

「あんたが余計なことさえぬかさなければ、十分で終わらせる」

卯月は抑揚のない声で言い放つ。

「――女将」

「はい」

卯月の後ろで待っていた女将は、小早川に呼ばれてその場で頭を下げる。

「申し訳ございません。お待ちくださいと申し上げていたのですが……」

「お前が謝ることはない。どうせこいつが無理を言ったのだろう。それよりも、客の方にはわしの都合で三十分、会合を遅らせてくれるように言ってくれ。それから酒のグラスを二つ……」

「酒なんていらねえ。とりあえず人払いをしてくれ」

「――仕方のない奴だ」

小早川が目で合図すると、芸者たちがしずしずと部屋を出ていく。さらに女将や仲居たちも、そっと部屋を辞去し、襖を閉めた。

「さあ、人はいなくなった。まずは座りなさい。それから、話というのを聞かせてもらおうじゃないか」

「とりあえず下手な小細工すんじゃねえよ」

「——なんのことだ？」

小早川は平然と応じながら、煙草に火を点ける。

「しらばっくれるならそれでもいい。が、内輪もめを他の組にまで、飛び火させせんなって言ってんだ。飛び火で済みゃいいが、下手すりゃ、近江の野郎は本気でどさくさ紛れに乗じて、正道塾と手を組んで、うちの組、それから関東連合を潰すつもりでいたぞ」

「ほう？」

思わせぶりに煙を吐き出す。

「近江というのは、確か久方組の顧問弁護士のことだったかな？　よく話はわからんが、もしそれが本当だとしたら、かなりのやり手だと褒めてやらねばならんだろう」

「——クソジジイ」

まるで表情を変えない小早川を、ぼそりと罵る。

「橋口の件でしょっちゅう顔を合わせているだろうが。今さらとぼけるんじゃねえ」

「卯月……いったいなんの話だか、俺には……」

純耶には、卯月の言っていることの意味がまだ見えてこなかった。

正確には、事実としては理解している。何度も聞かされていることだ。だが、どうしてその件で、卯月が父親を罵るのか。

「今言ったとおりだ。このクソジジイは、俺が幹部就任にごねたら、そうせざるを得ない状況を、故意に作り出して、利用しやがった」

「故意って……え？　もしかして岩槻さんが撃たれたことも……？」

「撃たれるつもりはなかったんだろうがな」

思い切りむっとした様子で、卯月は純耶の疑問を肯定する。

「橋口さんのことも……その裁判、も……？」

「それは違うだろう」

卯月はすぐにそれは否定する。

「さすがにクソ親父でも、右腕である橋口の命まで利用することはねえ。それにあいつが生きていれば、今のこの状況もありえねえからな」

「どうしてそう思う？」

「──あんたは最低な人間だ。だが、橋口に対してだけは、仁義を通していた」

間髪入れずに答える卯月の台詞に、小早川はしばし黙り、それから肩を揺らして笑い始める。

「わはははは、そうか……」

「……あ、の……」

やはり純耶一人置いてきぼりの状態だった。なぜ小早川が笑っているのか、それから卯月が憮然としたままなのかがわからない。

要するにすべては卯月が幹部にならざるを得ない状況を作り出すためだ。と、言われても、まだ純耶には納得できない。

「久方組もグルか」

「あちらの思惑までは知らん。とりあえず見合の話は本当だったし、近江が裁判で強引な手段に出ていることも事実だ」

これだけではやはりわからない。

「それで、貴様がここに来た理由は、その話をするためだけか？」

「違う」

きっぱり否定した卯月は、その場にあぐらをかき、両手を畳に突いた。

「卯月……」

「幹部就任の件、謹んでお受けすることにしました」

「——さんざん嫌がっていたくせに、一体どういう心境の変化だ」

小早川の表情に、僅かに変化が生じる。

「今の流れからすると、貴様が幹部就任に納得するとはとうてい思えないがな」

「納得しちゃいねえよ」

卯月は手を突いたままの姿勢で、父親の言葉に応じる。

「だったら、なぜ嫌がっていた幹部就任を引き受けることにした？」

「てめえが純耶に、これ以上余計なことを吹きこまねえようにするためだ」

「え……」

「今のままじゃ俺は、あくまで跡目予定の人間であって、なんの力も責任もねえ。だが、若頭になれば、組内部で、明確にてめえの次の権力を手に入れることができる。そうなれば、いくらなんでもてめえでも、俺がこうと決めたことに対して、簡単に異を唱えることはできなくなるだろうし、俺の息のかかった人間に、手出しもできなくなる」

「——なるほど」

小早川は喉の奥でくくと笑う。純耶は卯月の横顔をじっと見つめる。

「卯月……」

「稲積も岩槻も、全部知ってたのか」

卯月が睨むと、小早川は肩を竦める。

「あいつらはあいつらで、お前のことを思っているからな。もちろん、最終的にはお前が自分の意思で決断を出すことを願っていた」

小早川の説明で、ようやく純耶にも状況が見えてくる。要するに、岩槻が撃たれ組が危機に瀕していると卯月に思わせることで、渋っている幹部就任を決意させようとした。

久方組の動きがどこまでこちらと提携してのことかはわからない。でもいずれにせよ近江は、組のためにすべての状況を利用しようとしていたに違いない。彼の生きるべき場所を久方組と定めたからには、組全体がうまく動く以外に他はない。

逆境さえ利用し、目的のためには敵とも手を組む、それはすべて己の愛する組のためだ。

卯月は強くなると言った。純耶を守るため、そして組を守るため。それを今、純耶の目の前で、実行しようとしている。

「澤さんから、何か言われたのか？」

小早川の鋭い視線が純耶に向けられ、瞬間、背筋が冷たくなる。

威圧感を伴うその視線に、正座した膝の上で強く手を握り、逃げ出したい衝動をぐっと堪える。ここで逃げたら、何もかもが駄目になる。

「こいつは何も言っちゃいねえ」

乱暴に応じながら、純耶の心を悟ったように、卯月の手が伸びてくる。指先まで冷え切った手を強く握る卯月の掌から、温もりが伝わってくる。

心配する必要はない。お前は俺が守る——言葉にならない声が、はっきりと聞こえてくる。

卯月の決意は確かだ。

現実をすべて受け入れ、純耶とともに前に進もうとしている。

卯月は常に輝いている。

どんな暗闇にいても、卯月がいれば、前に進める。

「これは、俺が俺の意思で決めたことだ。他の誰に言われたから決めたんじゃねえ」

毅然とした態度を貫く卯月の言葉が、純耶の心の奥まで染み渡ってくる。

手を握られたときと同じ、揺らぐことのない強い決意と心が、大丈夫だと教えてくれる。

何があろうと、何が起きようと、大丈夫だと。

胸が、熱くなる。

胸の奥が、熱くなる。

伝わってくる想いの強さに堪えられず、泣き出してしまいたい気持ちになる。

「――まあ、どういう理由であれ、お前がやる気になった以上、他は何も言うつもりはない。貴様が必死にその男を守ろうとするのも別に構わない。――が、あんたも、足を突っ込んだ以上、単なる素人ではいられないってことも、十分承知しているんだろうな？」

「こいつは関係ねえって……」

「――わかってます」

卯月の言葉を遮って、純耶ははっきりと応じる。

「純耶……」

名前を呼ぶ卯月の声は、僅かに震えていた。卯月の手を強く自分から握り締め、純耶は小早川に向き直る。

「先日お話をした直後から……いえ、それよりももっと前に、卯月と一緒に生きていくと決めたときから、俺の気持ちは決まっています」

「この世界は澤さんが思うほど、綺麗な世界じゃねえ。むしろ汚いことの方が多い。生まれてこれまでの常識が覆るかもしれない。それも、わかっているのか」

「——わかってます。卯月の生きる世界のすべてを肯定できるわけではないと思います。それでも、俺は卯月の言葉だけは信じていこうと思っています」

想いを言葉にして初めて、近江の言っていたことがわかるような気がする。近江もきっと同じなのだ。彼の心の底にどんな想いがあるのかは知らない。だが彼は久方組と生きていくために、自分で弁護士という道を選んだのだろう。組を守るため。

純耶も同じだ。

背筋を伸ばし、目の前の男を真正面から見つめ、それからそっと卯月の手から逃れ、両手を畳に置いた。卯月がしたように、純耶も額が着くほどに頭を下げる。

「ご迷惑をおかけするかとは思いますが、何とぞよろしくお願いします」

純耶の言葉に、小早川は眉を上げ、そして卯月は小さく息を呑んだ。


車に再び乗り込むまでの間、卯月は無言だった。ただ純耶の手を痛いほどに握ったまま、真っ直ぐ卯月は前を向いている。

卯月が怒っているのか、それとも、呆れているのか。他のことを考えているのか、横顔からでは判断できない。

何をどう切り出せばいいか、純耶は考えていた。

「卯月」

さんざん考えて、とにかく正直な気持ちを打ち明けようと口を開く。

「怒っているなら怒っているでもいい――ただ、俺の気持ちを聞いてもらいたいから、話すことにする。それに対して、何か意見を言ってもらいたいわけじゃない。ただ――聞いてほしい」

膝に手を置いたまま、卯月の顔を見ることなく話し始める。

運転席にいる稲積は、何も聞かないフリを決め込んでくれているようだ。

「きっと卯月は、俺が勝手なことを言ったと思って、怒っていると思う。でも……お父さんに対して言ったように、昨日や今日で決めたわけじゃない。銀行を辞めてから……いや、銀行を辞める前からずっと、卯月と一緒に生きていくためには、どうしたらいいか考えていた。それでようやく、心が決まった」

純耶はそこで一度言葉を切る。

「俺――弁護士になろうと思ってる」

「……お前、何を」

卯月が初めて反応する。

「動機が不純なのはわかってるし、簡単なことじゃないのもわかってる。でも――何もしないではいられないんだ」

純耶は体の向きを変え、自分から卯月の両手を握る。

「俺のできることは何か、考えた。その結果……なんだ。卯月に何かあったとき……何かあったら困るけれど、そんなときに俺のできることはないか。ずっと考えていて、近江さんに会って……それで、決めた」

純耶の宣言に、卯月は何も言えずにいる。いや、あえて何も言わないでいてくれているのかもしれないが、困惑していることだけは確かだ。

「俺は喧嘩は強くないし、今から頑張ったところで、たかが知れている。だからといって、今のままじゃ君の足枷《あしかせ》にしかならない。弁護士になったところで、何ができるとも限らないけれど、何かできるかもしれないという可能性は生まれてくる。卯月にとって価値のある人間になれば、君のお父さんも俺たちを簡単に引き離したりしない――だから、俺は、弁護士になりたい……いや、なることにしたんだ」

一気に決意を告げて、純耶は視線を落とす。

卯月が何を言おうとも、決意は変わらない。だが、何も言われないと不安になる。

怒っているのかもしれない。相談しなかったことで、腹を立てているかもしれない。

でもそれで、自分の決意は揺るがない。

「卯月……」

　恐る恐る顔を上げると、卯月は俯き、肩を揺らしていた。

「笑ってるのか？」

「——当たり前じゃねえか」

　顔を上げた卯月は、純耶の腕をぐっと自分の方へ引き寄せたかと思うと、唇を重ねようとしてきた。

「う、卯月……っ！」

　純也は咄嗟に摑まれていた腕を振り払い両手で、卯月の顎を押し返す。

「純耶。てめえ何しやがる」

「それはこっちの台詞だ」

　もちろんその程度の抵抗で卯月が諦めるわけもなく、純耶の手を捕らえ、さらに顔を近づけようとする。

「ここがどこかわかってるだろう？」

「ああ、わかってるさ」

「だったら」

「わかってるからこそ、キスしようとしたんじゃねえか」

　さも当然のように言い放たれて、純耶はルームミラー越しに見える稲積の顔を窺う。彼もま

まう。

る。


たミラー越しにこちらの様子を見ていたが、純耶と視線があった瞬間、慌てて視線を外してしまう。

「なんだ、稲積が気になるのか」

卯月の長い手が純耶の顎を掴み、顔の向きを戻させる。

「当たり前じゃないか」

「いいじゃねえか、見せつけてやれば」

卯月は平然と言い放ち、中途半端に開いたままの純耶の唇に、無理やり自分の唇を重ねてくる。

純耶はその唇からなんとか逃れようと、必死に卯月の胸を押し返し、さらに肩を掴まえて抗ってみせる。が、上からのし掛かり腰に腕を回された状態では、まったく意味がなかった。

「ん……っ」

上唇と下唇を交互に噛まれ、甘い息がこぼれてしまう。慌てて声を殺そうとしても遅く、ミラー越しに見える稲積の顔が、赤く染まっていた。

「……っ」

見られていると思うと、さらに羞恥が増した。それがわかっているかのように、卯月のキスは深さを増す。

普段から卯月のキスは執拗で無理やりな感が強いが、今日はそれが著しい。さらにキスにとどまらず、卯月の手は純耶の胸に伸びてきた。

「……っ」

シャツのボタンとボタンの間の隙間から、指だけ差し入れて肌に触れてきた。

「卯月……っ」

唇を解放したかと思うと、その唇は顎を辿り首元へ移動する。舌先で喉を刺激しながら、胸元への愛撫も始めてくる。だが、あくまでボタンの間から伸びてくる指の動かせる範囲は狭く、欲しい場所に刺激は訪れてくれない。

じわじわと追い立てられる感覚に、純耶の方が堪えられなくなってくる。

「どうした？」

明らかに純耶の体が変化するのがわかって、卯月は揶揄するように聞いてくる。そろそろと下肢に伸びた手は、熱くなった下肢付近をさまよっては離れていく。

「睨んだって知るか。場所を考えろって言ったのはお前だからな」

意地悪な男の言葉に、純耶はぐっと息を呑む。そしてなけなしのプライドでもって卯月の首に腕を伸ばし、自分から濃厚なキスをする。

目を閉じることなく驚く卯月の表情を確認し、誘いに応じるように伸びてくる舌を、軽く噛んだ。

「……痛…っ」

「調子に乗るからだ」

その隙をついて卯月の体の下から逃れると、卯月から逃れるべく体をドアに押し当てた。

「純耶……っ」

「続きは家に帰ってからにしてくれ。そうじゃないと、車から降りる」

「な……っ」

卯月の表情が険しくなる。

「卯月さん、俺からも頼みます」

それまでずっと透明人間を決め込んでいた稲積が口を挟んでくる。

「稲積。てめえ」

「この速度で走ってる車から澤さんに飛び降りられた日には、絶対死んじまいます。西麻布まで、そう三十分もかかんねえですから、なんとか堪えてください」

半ば懇願するような口調で訴えてくる稲積を、卯月はしばし、ルームミラー越しに睨みつける。が、すぐにふいと視線を逸らし、腕組みをして反対側の窓に頭を押しつけた。

「俺は寝る。マンションに着いたら起こせ」

「わかりました」

ほっとした空気が、車の中に流れる。純耶はミラー越しに、稲積に頭を下げ、稲積はそれに対し苦笑をもらした。

稲積の言うとおり、車はすぐに西麻布の卯月のマンションに辿り着いた。

それまで本当に眠っていたらしい卯月は、無言のまま車から降りると、純耶が降りるのも待たず先に歩き出してしまう。

「稲積さん、ありがとうございました」

「礼はいいっすから、早く行ってください」

「あ、はい」

卯月はすでに、オートロック式のエントランスを抜けるところだった。子どものように拗ねているのかもしれない。

参ったなあと思いながら、純耶は走って卯月を追いかけ、ぎりぎりドアが閉まる寸前で追いついた。

エレベーターに乗り込んでからも、卯月はむっとしたまま、後ろの壁に背中を預けている。純耶は何を言えばいいかわからず、卯月に背中を向けた状態で、扉の前に立っていた。

やがて最上階に辿り着き、扉が開く。が、純耶はそこから動こうとしなかった。

「――どうした?」

やっと卯月が口を開く。

「俺、帰った方がいい？」

『開』ボタンを押した状態で、卯月に尋ねる。

「何を言ってんだ？」

「考えてみたら、もう一緒に帰ってくる必要なかったんだよね。実際、この一週間は家にいたんだし……」

純耶はそこで思わず黙り込む。扉に手をやって、純耶の真正面に立った卯月が鋭い視線で睨みつけていたのだ。

「あの……」

「お前は、あのクソ親父の前に大胆なことを宣言しておいて、まだそんなことをぬかしやがるのか？」

「大胆なことって……」

「親父もまさか、お前がプロポーズしてくるとは思ってなかったみてえだから、えらく驚いていたよな」

「――ぷろぽーず？」

その単語の意味が瞬間的にわからず、思わず平仮名で返してしまう。

「不束者《ふつつかもの》ですが、よろしくお願いしますって言っただろう？」

「う、うん……」

若干言葉は違うが、似たようなことを言った。

「嫁さんの挨拶としては、これ以上ないほどに立派だったと思うぜ」

「そんなつもりで言ったわけじゃ……」

途中まで言いかけて、改めて考える。

確かに取りようによっては、そう取れなくもない言葉を口にしている。

「あ……」

腰を屈めて寄せられる卯月は、これ以上ないほど満面の笑みを浮かべていた。

「違うとは言わせねぇぜ？　それに、ここまで来て、帰った方がいいかなんて、ばかなことをぬかすな。この一週間、別々にいたのも、お前が言うからであって、俺が望んだわけじゃねぇ。俺はもっと前から、俺んところに越して来いと言ってただろう？」

「それはそうだけど……」

「もう諦めろ。お前の帰る家は俺のところだ。他にはねぇってことを、いい加減に受け入れろ」

ぺろりと卯月の舌が純耶の唇を嘗めてくる。

赤坂の料亭を出てからずっと、卯月は上機嫌だった。その意味が、今になってようやくわかる。そして卯月の解釈が、決して間違いではないことも、純耶は知っていた。

卯月と一緒に生きていくつもりだということを、卯月の父親である小早川に宣言したのだ。

改めてその事実を認識して、羞恥と戸惑いで顔が赤くなる。

「何、今さら照れてんだ?」

「いや、照れてるというか……ごめん」

「なんで謝る?」

上目遣いに聞いてくる。

「色々なこと。卯月に相談しないで決めてるから……」

「——別に……」

そう言われても、すぐには信じられない。

「卯月が俺のことを思ってくれてるのはわかってる。でも俺はやっぱり、守られるだけじゃなくて、卯月のことも守っていきたいんだ。だから……許してくれるか?」

「……どうしようかな」

そう応じる卯月の顔は、笑っている。が、焦っている純耶はそれに気づいていなかった。

「純耶からキスしてくれたら、許してやるかな」

「……本当に?」

「ああ。だが、挨拶程度のキスじゃ許さねえぞ。俺がいつもお前にするみたいな、ちゃんとしたディープキスだ。根本まで舌を絡め、ぐちゃぐちゃになるまでツバを飲んでやる」

「卯月……っ」

あまりに直接的でいやらしい台詞に、純耶の頬が熱くなる。

卯月はそんな純耶の腕を引っ張ってエレベーターから降ろすと、その背中を壁に押しつける。卯月の体が壁になり、廊下を照らす蛍光灯の光が遮られる。

微かな光の中で見えるのは、純耶の顔を映し出す卯月の瞳だけだ。

この瞳は、純耶の心を見透かし、常に導いてくれた。純耶を愛し、守り、信じてくれる男に出会えたことに、これ以上ないほどの喜びを感じている。

「卯月……愛している」

卯月の頬に両手を添え、軽く背伸びをするようにして自分から唇を寄せる。煙草の味のする唇を軽く嘗め、それから唇を重ねていく。

卯月がするように上唇と下唇を交互に味わい、隙間から舌を忍び込ませ、歯の裏を刺激する。やがて見つけた卯月の舌にそっと近寄り、縁を辿ってからゆっくり絡ませていく。

最初は少し遠慮がちに、でも少しずつ大胆に、強く吸い上げる。

卯月は純耶の詫びのキスをおとなしく受け入れていたが、やがて自分から舌を自在に動かしてくる。吸われるだけでなく自分から吸い上げ、純耶を翻弄するのだ。

「……ん……」

奔放な卯月の舌の動きに、純耶の体の芯が刺激される。膝ががくがくと揺れ、立っているのが辛くなる。

卯月の背中に必死にしがみつき、腰を無意識に擦り寄せる。

「どうした」

唇を離し、耳殻をくすぐるように熱い吐息で囁かれる。

「俺はまだ許してやっていないのに、もう終わりか？」

甘いけれど意地悪な言葉を吐き出す男を、純耶は涙目で見上げる。卯月はその瞬間、小さく舌打ちすると、挑みかかるように自分からキスを仕掛け、そのまま腰を抱えるようにして部屋の前まで移動する。

「卯、月……」

息苦しくなるほどのキスの合間に、純耶は微かに声を上げる。卯月は繰り返し純耶の唇をむさぼりながら、上着のポケットから取り出した鍵を使い、扉を開けると後ろ手に鍵を締め、純耶の体を壁に押しつけてきた。

「卯月……っ」

腰に回っていた卯月の手は今や前に回り、巧みに純耶のベルトを外し、ファスナーを下ろしに掛かっていた。

「……ちょ、卯月……」

「これからが本番だ」

卯月は早口に言うと、純耶の口を犯しながら、下肢に触れてくる。

「朝までその体で、俺に謝れ」

「そんな……卯月……ああ」

　がむしゃらに指を使って先端を嬲《なぶ》られると、それだけで甲高い声が上がってしまう。それまでのキスで、体はすでに高められている。あっという間にとろとろの蜜を溢れさせる下肢を、卯月は器用にポイントはずらして触れてくるのだ。

「や、だ……卯月……」

　高められるだけ高められ、快感だけが溜まっていく。脳天まで突き抜けそうなその刺激に、声が上ずり腰が揺れる。

「やだじゃねえだろう？　その体を存分に使って、俺を喜ばせろ。俺を——楽しませろ」

「んんっ」

　根元までをすっと扱《しご》かれ、腰が弾む。立たせた膝が震え、内腿が小刻みに痙攣してしまう。

「何があろうと俺はお前を離せねえ。愛だけでも躰だけでも足りねえ。我慢できねえ」

　卯月の唇は、露になった卯月の腰に移動し、天を仰ぐ純耶のものに舌を伸ばしてくる。

「や、だ………っ」

　生暖かいものが先端に触れるだけで、脳天まで突き抜けるような刺激が生まれる。根元からぶるっと震え、ひっきりなしに溢れるものが、卯月の手を塗らす。ねっとりとしたものを卯月は嘗めながら、それを指で掬《すく》い取り、純耶の内腿を割って、奥に潜む場所へ伸ばしてくる。

「卯、月……」

窄まった場所を濡れた指でするりと撫でられると、きゅっとそこが収縮する。もどかしい刺激に、腰がまた跳ね上がるのを見て、卯月は今度はそこに親指の先を挿《さ》し入れてきた。

「あ……っ」

「こん中、もうすげえ熱くなってるぜ」

わざと純耶の耳元で、卯月は恥ずかしい反応を伝えてくる。

「内側が痛いぐらいにぎゅうぎゅう締めつけてきてるの、わかるか？」

自分の体の反応だ。言われなくても自分が一番わかっている。だが、改めて言葉にされると、強烈な羞恥を覚えると同時に、さらに快感を煽られてしまう。

「なあ、純耶。俺が欲しいか？」

卯月はそれがわかっていて、わざと下卑た言葉を口にする。愛撫だけではなく、言葉でも純耶を高め、極みに導いていく。

卯月の指は親指から人差し指に変えられ、腹の下側辺りをぐいぐいと押される。純耶の弱い場所を心得たその動きに、じっとしていられなくなる。

指だけでは物足りない。もっと強く硬く、そして熱いもので、熟した場所を擦ってほしい。

「卯月……」

名前を呼ぶ声に甘えが混ざり、腰が勝手に動いていく。

「なんだ」

純耶の顔を覗き込む卯月の瞳は、蕩けそうなほどに優しい。

誰よりも純耶を理解し、純耶を欲し、求めてくれる。

「……欲しい」

「何が欲しい？」

再度尋ねてくる卯月の顔を、純耶はじっと見つめた。

「——卯月のすべてが」

求められるだけではなく、純耶も欲しい。

卯月の愛が。

卯月の体が。

そして、心が。

卯月はひそやかに笑い、指を引き抜く代わりに、完全に猛った己のものを取り出し、そこに押し当ててきた。

「ん——っ」

先端が潜り込んだ瞬間、純耶の全身に電流のようなものが走り抜けていく。痛みよりも熱さが、そして愛する男と繋がっているという充足感が、純耶の心を満たしていく。

「お前の欲しいもんは、全部くれてやる」

切羽詰った声で告げながら、さらに卯月自身が進んでくる。

灼熱と化した卯月は、狭い場所を押し開きながら、確実に純耶の体を開き、内側から溶かす。

強い脈を感じるたびに、純耶自身も大きく鼓動し、愛液を溢れさせる。

「金も」

ぐっと腰を突き上げられる。

「……っ」

「力も」

硬い先端が、純耶すら知らない部分に当たる。

「ああ……っ」

「体も全部……魂ごと、俺をくれてやる」

反射的に強く収縮したところで、ぎりぎりまで引き抜かれる。

「や……っ」

再び突き立てられる衝撃に、張り詰めていた神経が、一気に解き放たれる。

「卯月……卯月、卯月」

強い律動に、何がなんだかわからなくなる。必死に卯月にしがみつき、腰を高く掲げ、与えられる快楽に酔いしれる。

頭の中が真っ白になる。そして白くなった頭の中に、卯月の顔が浮かんでくる。

愛している。愛されている。

何も考えられなくなるぐらいに。

「だから、お前も——すべてを、俺に、くれ」

「あげる……あげる、全部、俺を…だから、もっと……卯月、もっと……」

自分自身、何を口走っているのかわからなくなるほどの強烈な快感の中、純耶は繰り返し、卯月への愛を誓いながら、何度も何度も達した——。

エピローグ

東京で最も古い屋敷街のひとつとして知られる由緒ある街、大和郷に建つ小早川邸の前には、朝早い時間から、黒塗りの高級車が乗り付けられていた。

その車から降りてくるのは、紋付き袴姿の、一目見て一般人とは異なる独特の空気を放つ男たちだった。

黒のスーツ姿の取り巻きを何人も引きつれ、一人、また一人と、門の中へと消えていく。

彼らは皆、関東近隣の暴力団を取り仕切る、組長や会長であり、さらに関東連合興隆会の幹部でもある。その中には、近江の姿もあった。純耶の顔を見ると、小さく会釈してくる。それに純耶も会釈で返す。岩槻からその後、近江の素性を聞いた。子どもの頃から久方組の中で生きてきた彼にとって、組は家族のような存在だったという。他では生きられない男たちのために必要な場所で、そんな彼らのため、父や自分のような存在も必要なのだと思っていたらしい。真っ直ぐで無器用な男たちと、そして自分のため、父と同じ弁護士になったのだろう。

そんな男たちが集まったのは、興隆会の新幹部襲名披露に集った。

この数年、いわゆる暴対法の施行により、こういった儀式は質素に、そして秘密裏に行われがちだった。それをあえて派手派手しく行い、さらに義理回状を回すことはつまり、襲名披露を行う人間が、それだけの価値があることを意味していた。

周辺に待機する何台ものパトカーや警察官の姿ですら、厳粛さを演出する小道具に過ぎなかった。

門を潜り、敷石を進んだ先には、よく手入れされた日本庭園を望む位置に、二間続きの書院造りの和室が見える。

上座に座るのは、小早川の現当主である正三と、長男である卯月だった。

目の前に差し出された三方の上に載せられた漆塗りの杯を手にし、注がれる日本酒を、卯月は一気に飲み干していく。

その堂々とした姿は、隣に座る恰幅のいい父親に勝るとも劣らない。

背筋をぴんと伸ばし、正座した膝の上に両手を載せ、真っ直ぐに前を見据える。瞳には、憂いも躊躇も、そして迷いもない。

確固たる意思と強い信念の下、あの場に座っている。一番後ろの席に座った純耶は、自分の目に、その姿を写し取ろうとしていた。

純耶はつい先日、これまで住んでいたマンションを引き払い、西麻布の卯月のマンションへ越した。そして弁護士になるべく、勉強も始めた。容易な道のりでないことはわかっている。

けれど、覚悟はできていた。

この先に待っているのは、明るい未来ばかりではないだろう。常に、太陽の下でのみ歩けるわけではないかもしれない。

それでも、純耶はもう後悔しないと決めていた。立ち止まったりもしない。卯月とともに、歩んでいくと決めた心に、なんの後ろめたさもない。

卯月も同じ気持ちでいる。

今、二人の魂は、同じ場所を見つめている。

杯に添えられる卯月の手に、純耶もそっと心の中で手を添える。

卯月とともに、誓った言葉を思い出しながら――。

あとがき

極道物になるはずだったシリーズ第三弾かつ完結編『魂《こころ》ごとくれてやる。』をお届けいたします。

どういう形で収拾をつけるか、前作である『躰だけじゃたりねえよ。』（今回新装版が同時発売となっております）を書いている間から、色々ぼんやり考えておりました。

違う世界に生きる二人。

その二人が真っ直ぐ前を向いたときに取るべき道を、私なりに考えた結果、こういう形になりました。

果たして皆様にご納得頂けるかどうか不安なところもありますが、精いっぱい書きました。

三冊まとめて卯月と純耶の話をお読み頂ければ、嬉しいです。

新キャラである弁護士の近江は、もっと突っ込んで色々書いてみたいキャラクターとなりました。

ダリアさんのサイトの方で、『愛しかいらねえよ。』の新装版をご発行頂いた際に、特集ページを組んで頂きました。

そちらの方で、時間軸としては『魂《こころ》ごと〜』の後になるショート小説を書かせて頂いております。こちらの話はこの先単行本等にまとまる予定はございませんので、この機会にぜひぜひ、お読み頂けると嬉しいです。

ちなみに、登場人物は、卯月、純耶、稲積の三人です。


挿絵のタカツキノボル様には、大変にお忙しい中、ご迷惑をおかけして申し訳ありませんでした。

『愛しかいらねえよ。』から今回の『魂《こころ》〜』まで、本当に艶っぽく、そして格好いいイラストをありがとうございました。

この話は、タカツキさんのチンピラ風イラストを拝見したときに思いついたお話でした。タカツキさんのイラストとの出会いがなければ書くことがありませんでした。

そして、三冊にもなる話にもならなかったと思っています。

心から、お礼申し上げます。ありがとうございました。

タカツキさんとはダリアさんのまた別のお話でもお仕事ご一緒させて頂ける予定ですので、そちらも心から楽しみにしています。

担当の早沢様には、この話がご担当頂く最後の話となってしまいました。ずっとご迷惑のかけ通しで終わってしまい、悔いばかりが残ります。デビューした翌年からのお付き合いでした。申し上げたいことはたくさんあるのですが、今はまだ上手くまとめられません。これまで本当に、ありがとうございました。

『愛しかいらねえよ。』シリーズをお読み下さった皆様のおかげで、こうして三冊目まで書かせて頂くことができました。

心よりの感謝の言葉を。

ありがとうございました。

また、次のお話で、お会いできますことを、心から願っております。

平成一八年　ふゆの仁子　拝

卯月と純耶が離れず一緒に居られるようになって良かったです。
新キャラが登場したり、個人的お気に入りの稲積の出番も多くて楽しかったです♪

司法試験勉強に夢中の純耶に
相手をして貰えない卯月の寂しさを
描く次回作
『構ってくれねえよ。』
(注)ありません

ふゆの仁子
JINKO FUYUNO
ヤマダサクラコ
SAKURAKO YAMADA
恋愛方程式の解法
1講義・1セックスで
単位をあげよう
大学四年の水野拓巳は、夏の終わり、深夜クラブで伝説のＤＪと噂される強烈な印象の男に抱かれる。だが、彼と再会した場所はなんと大学のゼミだった。教授の代理である彼・小田島一宏は、単位を取るための交換条件を出してきて――!?

ダリア文庫をお買い上げいただきましてありがとうございます。
この本を読んでのご意見・ご感想・ファンレターをお待ちしております。

〈あて先〉
〒173-0021　東京都板橋区弥生町78-3
(株)フロンティアワークス　ダリア編集部
感想係、または「ふゆの仁子先生」「タカツキノボル先生」係

✻初出一覧✻
魂《こころ》ごとくれてやる。……………書き下ろし

魂《こころ》ごとくれてやる。

2006年2月20日　第一刷発行

著者　ふゆの仁子
©JINKO FUYUNO 2006

発行者　藤井春彦

発行所　株式会社フロンティアワークス
〒173-0021　東京都板橋区弥生町78-3
営業　TEL 03-3972-0346　FAX 03-3972-0344
編集　TEL 03-3972-0333

印刷所　図書印刷株式会社